领悟

鲍贝　著

鲍贝书屋传奇人物对话录

内蒙古文化出版社

图书在版编目（CIP）数据

领悟：鲍贝书屋传奇人物对话录 / 鲍贝著 . — 呼
伦贝尔：内蒙古文化出版社，2023.5
（中国好美文）
ISBN 978-7-5521-2172-8

Ⅰ . ①领… Ⅱ . ①鲍… Ⅲ . ①访问记—作品集—中国
—当代 Ⅳ . ① I253

中国国家版本馆 CIP 数据核字（2023）第 024334 号

领悟：鲍贝书屋传奇人物对话录

LINGWU : BAOBEI SHUWU CHUANQI RENWU DUIHUA LU

鲍 贝　著

责任编辑　那顺巴图
封面设计　张永文

出版发行　内蒙古文化出版社
地　　址　呼伦贝尔市海拉尔区河东新春街4－3号
直销热线　0470－8241422　　**邮编**　021008

排版制作　北京鸿儒文轩文化传播有限公司
印刷装订　三河市华东印刷有限公司
开　　本　787mm×1092mm　1/32
字　　数　130千
印　　张　7.5
版　　次　2023年5月第1版
印　　次　2023年6月第1次印刷
书　　号　ISBN 978-7-5521-2172-8
定　　价　56.00元

题记

　　鲍贝书屋，2019年由作家鲍贝创办于杭州。现有西溪湿地、良渚古城两家分店。一为徽派古宅之复建，一为中西合璧之新创。其地理位置清旷幽静，内部陈设清雅怡人，各类藏书五万余册。创设不久，书屋即荣膺"中国书店年度致敬·年度最美书店"。

　　寒来暑往，作家鲍贝用心选书荐书、用情用力经营各类活动。在杭州，书屋已成为"杭州市民日'最具品质体验点'"和书香弥漫的"网红打卡地"。

　　迎来送往，清茶一杯，作家鲍贝在书屋内外识见了世间人事之形形色色。这一本对话录，即是她计划访谈百位传奇人物的第一辑。传奇与否，不在表象经历之跌宕起伏，更在世道人心的幽深奇秘。透过这些"传奇人物"的话语，你或可真正感知何为初心、何为坚守、何为抵达、何为放弃、何为会心不远、何为理想彼岸……

鲍贝书屋（西溪湿地店）

鲍贝书屋（良渚古城店）

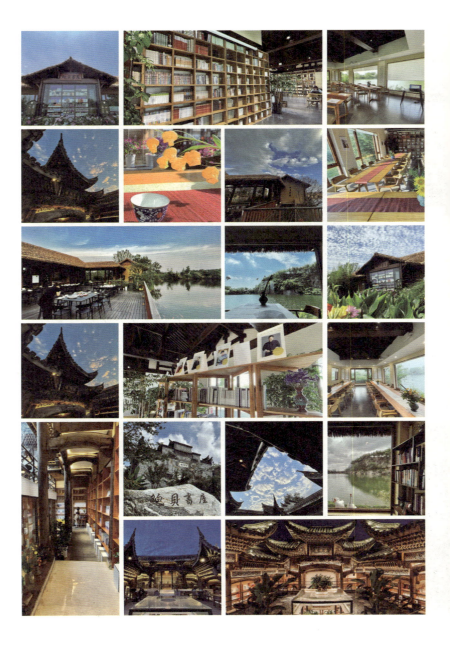

目录

海男

印象 • 海男

在我的印象里，海男是浓郁而热烈的，她像葵花一样热烈奔放。她也像罂粟一般妖娆性感，具有致命的诱惑性。

虽然至今为止，我仍未见过海男。她像传奇一样存在于我的心里。她敢于把大黄大绿大红大紫直接穿在身上而不显得俗气，反倒有一份异域风情和率真。

她的文字里藏有一团火，始终都在隐秘而炙热地燃烧。她所创作的油画，妖娆又天真，仿佛出自纯真孩童的涂鸦，但只要细细品读，却能感受到一种大彻大悟后的通透和热爱，这份经验来自成人世界。我相信，海男一定是迷恋博尔赫斯和凡·高的。

某个晚上，在遥远的云南，海男和她的朋友们聚在一起，在一场海阔天空的聊天中聊起了我，估计是出于好奇，她向其中一位要去我的微信。加为好友之后，我们便经常关注对方的动态，我发现海男和我一样，很热衷于把日常碎片记录下来。将近两年，我在海男的朋友圈中，不仅读到了她大量的文字，也看到了她一幅又一幅油画作品的诞生。

我喜欢这个女人，只是单纯的喜欢。

我想在我的书屋做一场海男的油画个展，这个想法由淡至浓。

七月，我向海男发出邀请，她欣然同意。海男的油画终于从云之南抵达西子湖畔，带着七月的热度，然而，无情的台风和疫情让这场画展一再延期，仿佛故意要让这份好事多磨。

等待了又等待，这场约会般的画展还是如约展出了，就在良渚古城的鲍贝书屋里。书屋坐拥五千年的文化和历史，有山、有水、有五千年前的遗迹，还有广阔无垠的田野，世外桃源般的景致，与海男的油画相得益彰。

而神秘美丽的海男，仍在遥远的云之南，她终究还是不能前来参加。她寄来她的诗和片断性的文字，是她派来的信使——

致女作家鲍贝

海男

我期待与你相遇

在鲍贝书屋，待你旅行回来

我要去找你，这件事

已经酝酿了很久很久

却未践行。人间很大

你出入的雪域荒野版图

你穿着棉麻长裙，出现在世界的另一个尽头

你坐下去，听得见身边的雪水哗哗流淌

你无声无息的寂寞，你仰头的孤独中

云飘过去了。你又回到了

鲍贝书屋，回到了藏书阁

回到了你的天堂。期待与你相遇

我想去找你，秋天或者春天

无论是哪一个季节，这个梦想，总要践行

而此刻，山川秀丽，想象你的书屋，总是敞开门

——很多人走进去

——很多人走进去

穿越星际的人们，在此读书

灵魂出窍

对话 海男

海男的片言只语——

　　去鲍贝书屋办画展是我的梦想，这个梦从今年初春延续到了今天。我们的时空是转换的，从不停留，它所旋转的磁力太快。

　　在这个辽阔的国度中，我们都是时空之旅人。尽管如此，生命需要很多梦想支撑，从而抵制我们的灵魂与现实世界的冲突。

　　女作家鲍贝，美丽动人，她仿佛在天上生活。但更多的时辰却在人间漫步，直到如今，我还没有见过鲍贝。在江南水乡，鲍贝写过很多书，她喜欢旅行，独自一个人静悄悄地穿越着冰川时代的荒野。

　　鲍贝书屋诞生了，我总是相隔千里，在微信上分享她的书屋，分享着一个曼妙的女子从书屋中走出来的场景。尽管如此，直到此刻，我们仍然未曾谋面。

　　在有限的几次电话中，我聆听她的声音，语音中有江南的温婉，也有诗意的野性——这是一个被自然万物所滋润的女性。

　　去鲍贝书屋办画展的梦想开始了，我想象着书屋的墙面装饰，想象着这些画框的体积尺寸，便把它们装进了木箱，驰骋的速度将它们带到了鲍贝书屋。

这是一次穿越时空的画展，由于某种原因，我无法抵达现场。但我深信，这些出自我双手的作品，将替代我去问候走进鲍贝书屋的人们。

我的画显示出我精神体系中的语言，我希望并相信，你们会爱上我的画，并同我的灵魂一起探寻地球的奥秘。

这是一次有意义的画展，感恩鲍贝书屋，感恩未曾谋面的女作家鲍贝，感恩与我的作品相遇的所有的人们。

对话 海男

她拥有隐秘而广阔的世界

鲍　贝：海男你好，今天能够联系到你，特别开心。虽然
我们仍未谋面，但我对你并不陌生，每次听到你
的名字，或在书店看到你的书，我都会在心里生
出一种欢喜，这种欢喜并非因为我们在现实生活
中的交往，而是通过文字，通过你在作品中流露
出来的性情与可爱。我一直相信文字有着奇妙的
力量，它能够让我们迅速走进对方的内心世界，
走进用文字编织而成的隐秘而广阔的精神领域。
你在我选择写作之前就已成名，你所创作的诗歌、
小说、散文加起来将近 40 部之多，用"著作等身"
来形容你一点也不夸张，让人惊叹的是，你的作

　　　　品仍在源源不断地产出，而且每一部都耳目一新、
　　　　令人深思，感觉你身上有一种推陈出新的能量和
　　　　勇气。我知道所有的创作都需要勇气、激情、灵
　　　　感和经验，我特别想知道的是，你写下这么多作
　　　　品，源源不断的灵感和取之不竭的写作到底源于
　　　　何处？你又是如何做到在这三种截然不同的文体
　　　　之间驾轻就熟地随意游走的？

海　男：亲爱的鲍贝，能与你在语言中相遇很美好。你是
　　　　作家，深知写作的源头在哪里。我的写作源头应
　　　　该是在年少的时代。那时候，书籍很缺乏，几乎

就是一座只有岩石生长、没有植被的山脉。我生长在那样的时代，恰好迎来了读纸质书最好的时代。十七岁开始写作，先是写小说，后来又写诗歌，还有散文，几种文体看上去分离，其实都是贯穿一体的。从十七岁延续到今天的写作，已经成为我的日常生活体系。就像是万物生长需要黑夜和阳光的折射，以此类推，轮回于世间。写作成为我一生中最爱的日常生活，每天延续并与此融入和呼吸，不离不弃。

鲍　贝：从十七岁开始至今，看来写作已经成为你的终生事业。除了写作之外，你也喜欢旅行。作为同样喜欢写作和旅行的我，总是被读者朋友反复问到这样一个问题："你的旅行是否为了写作而去寻找灵感？"现在我把这个问题抛给你，请你来回答。

海　男：我的旅行很多时间都是独立地完成，相比那些喧嚣热闹的旅游景区，我更喜欢被众多旅行者所忽略的人文地理和自然景观。所以，我独自一人行走最多的就是云南，它给予了我的写作辽阔深邃的自然景观，又有无穷无尽的人文历史地理概貌。一个人行走，就像是在积累汉语的词根，相逢时间的渊源和未来。

鲍　贝：每个作家对于自己的写作都有一个隐秘的原动力，我们为什么要去写作，写作的真正目的何在？比如，残雪是为了复仇而写；虹影是为了呈现苦难的意识和记忆，通过写作寻找答案和自我忏悔；奈保尔和石黑一雄的写作，是为了寻找精神的故乡；海明威说，他写所有的东西，就是为了写一句真实的话；而更多的作家是通过写作谋生，并试图与这个世界沟通……那么，你的写作又是为了什么？

海　男：我写作，为了那些浮现在生命中的词根，每一个词根都可以延续性地呈现时光，剥离开生命的历程。写作就像光影交错陪伴我成长，直到现在，这些光影仍然变幻无穷，并引领我的生命在此过程中沉迷游离。写作，对于我来说，也是一种命运，在尘世辗转不休的我，因为有了写作，便拥有了光阴的秘密生活。

鲍　贝：你的叙述充满隐秘的力量，我甚至能从中感受到一种隐约的性感和异域风情，是一种类似于让人眩晕的感觉，我不是指故事情节，而是你的语言，你叙述的语言有着一种难以尽述的妖娆、诡异、扑朔迷离，可以带着人飞起来。可以说，是海男式独有的一种语言模式和风格，不知道这种独特

11

性是否和你的长期训练有关，还是与生俱来的？

海　男：我向往那种具有想象力的写作，无论是任何一种
　　　　文体，都需要虚构。重建自己写作的时间深渊，
　　　　这样的写作才充满了艰辛的历程。持久的写作，
　　　　就是熔炼的魔法，写作者带着自己的过去、现在
　　　　和未来，融入焰火尘世，从而将语言的时光进行
　　　　下去。

鲍　贝：你所生长的云南永胜县，是一座封闭在群山和丘
　　　　陵之中的边陲小镇，我从未到过那里，因为你和
　　　　你的作品，让我对这座小镇产生出迷幻一样的情
　　　　愫，我特别想去看看。我很好奇的是，这座近乎
　　　　闭塞僻远的小镇，不仅没能阻挡你尽情飞舞的想
　　　　象力，还赋予了你无限的创作灵感，不知道你是
　　　　如何打开写作这扇窄门和暗道的？你的《县城》
　　　　《身体祭》《马帮城》《妖娆罪》《裸露》等作
　　　　品里的故事和人物，应该都源自你所生长的小镇，
　　　　你能跟我们分享一下这座小镇在你心中的地位和
　　　　对你写作的影响吗？我还想知道，这座小镇上的
　　　　人是怎么看待成名之后的你的？

海　男：我出生在滇西永胜，跟随做农艺师的母亲从小在
　　　　自然环境中长大。这座小城有湖泊、金沙江，所
　　　　以，在我的语境中经常会出现河流或旷野，还有

岩石上的蝴蝶。在这座小城我开始了阅读和写作，培养了自己与语言厮守的时光。无论你走得有多远，童年趣事非常重要，它几乎影响了你的一生。我的所有写作情趣都跟云南有不可割舍的亲密关

对话　海男

系。多年以后，因为写作，我走出了那座小城，但我一直在用语言讲述从那座小城延续到辽阔的云南大地上的故事。云南特别适合像我这样的人居住和写作，几年前，我开始了绘画，虽然我从未学过绘画。但我却开始在画布上涂鸦，这个过程很像写作——我一直深信，作家写作或绘画都是贯穿一体的。它们突然有一天降临于你的生命中，并非偶然，而是一种潜在的命运。人世艰辛，当生命从母体落在尘世，就意味着你要生存或寻找到生活的意义。我的灵魂，附属于语言已经太长时间，如今，又拥有了绘画，这是上苍赐予我的命运走向，所以，我的光阴总是要沉迷其中，才能寻找到一个人的存在感。

鲍　贝：大家都知道诗人是飞翔的动物，是最感性通灵的一个群体。而小说家的思维应该会理性一些，更多地会去关注这个世界的复杂性和现实性，你所身处的世界如何荒谬不堪，又如何秩然有序，作为一个小说家，必须现身说法，进行例证并用文学的语言去呈现，如果说，现实世界犹如一座迷宫，那么，小说家就是这座迷宫的自由进出者。你同时具有诗歌、散文和小说的写作经历，就像三星堆遗址里的三翅神巫，这些不同的身份和思维模式，你是如何进行自由切换的？相比较而言，你更喜欢自己是诗人、小说家还是散文家？

海　男：写作、绘画，准确地说，写作包括散文、诗歌或小说，绘画包括布面油画或钢笔画。这些东西都需要时间创作，我一生最需要的是时间——这几乎是所有写作者必需的时光。所以，我自认为时光培养了我的身体中与时间相处的定力，每天我五点起床，冷水澡后诵经两小时，之后是写作，上午是我精力最好的时候，也是我与语言和谐相处的时间。下午是阅读，完成琐事。如果去画室，一定会在里面，从早上待到黄昏。写作或绘画都需要专心致志。我的绘画，力图创建一种个人的色彩学，它是我灵魂中敞开的另一道窗口，也是我用绘画呈现出的地球密码的小世界。

鲍　贝：生活是一团乱麻。我们活过，我们思考，我们写作，我们也都在寻找生活和写作的意义。除了阅读你的作品，我还有你的微信，从你朋友圈里发的只言片语里，我能感受到你就像一个时光的拾荒者，无时无刻都不在收集日常生活中的碎片和感受，以及你瞬息间的思考，你把你捕捉到的一切都随手记述下来，你的知与行、内与外、爱与恨、个人与天下、过去与未来，都在你的文字里显现。

有时候，我在深夜读到你随手发的那些文字，非常奇妙，有一种扑面而来的魔性和巫幻之气，还有一种绚烂的色彩。对，你的文字有着浓郁的色彩，这是你赋予文字的一种气质，还是一种特性，我说不上来。后来，我看你的油画，觉得你的画和文字几乎是相通的，都有着浓郁的色彩，那是你所创造的另一个无比丰富、广阔，而又天真烂漫的世界。对于你所创造的语言和隐秘的世界，你有一种水滴石穿的决心和勇气。如果让你自己来评价，你又是如何看待自己的创作和语言？

海　男：许多事已经离我很远，所有的历史都是遗忘的艺术。作家不是用经验在写作，而是培养自己虚构和想象的能力——而这些能力不是凭空而来，需要知识结构。热爱并沉迷，一生执迷不悟的时光，好酒是陈窖而出的，窗户外的世态是需要用想象抵达的，焦虑是需要事件和细节的，激情是需要尺度的，狂野是需要风暴和荒原的。这就是我的写作观，也是我追索的写作方向。而在我的绘画中有我对于地球和尘世之间的距离，每一幅画都是尘世中的一个局部，一种幻境和存在。我希望这些陪伴我的色彩，能够陪伴更多的朋友。倘若有一天，人类迁移到别的星球上去居住，我希望我们的文字和绘画艺术，成为地球上的一部分永恒的历史。

鲍　贝：大家都把你称为是女性文学的代表人物之一，是中国最有争议的女性主义作家和诗人，你又是如何定义"女性主义"这个概念的呢？

海　男：女性主义文学也是性别之分，它存在于两性间的差距，我写过跨文体作品《男人传》《女人传》。20 世纪 90 年代，我的许多作品都揭示出了两性之间的冲突和战争。这也是人类历史不容置疑的历史的逸闻录，就像是太阳和月光的关系。

鲍　贝：现在的我们，正在经受着疫情带来的危难时刻，作为一名作家，你最想做的事情是什么？

海　男：云在涌动，暴雨将至。远方、屏障、迷乱、人性，战事不断。在不间断的疼痛的意识深处，经历着必须迷惘的时代，每一个世纪都有它的历史性的混沌，也必将产生语言的变革。个体仍然只是蜘蛛网上的一条纤弱之线，但每个人都在线上冒着雨穿越着焰火之迷恋——我们深爱自己的意识形态，那些身体中喑哑的歌唱，萎靡而抒情，仿佛一个女子卸妆以后，不再想去潮流中看月亮。在这个特殊的后疫情时代，我们除了坚守自己的职业生活外，更重要的是用自己的良善，去爱我们身边的人或事，善待自然万物和人的存在。

鲍　贝：最后问个很私密的问题，相信才貌双全的你，一
　　　　定会有众多的追求者，你又是如何应对他们的？

海　男：谢谢亲爱的鲍贝，感恩我们之间的对话，期待早
　　　　日与你相遇，我们都是月光色，也是太阳下的女
　　　　子。因此，深信我们的灵魂会在流逝的时光中，
　　　　被时光所挚爱！

鲍　贝：哈，你巧妙地避开了我的问题，我想我可以把它
　　　　理解为是你的智慧和善意。感谢亲爱的海男。

续小强

印象 • 续小强

　　小强是我见过读书最多的人，也是送我书最多的人，只要他认为好的书，都会推荐给我，并耐心告诉我为什么要选读这些书。

　　小强是我见过最努力、最刻苦的人，无论工作、读书，还是写作，他都是尽心尽责，拼尽全力。

　　小强是我认识的所有朋友当中，最会替人着想、仗义而行的人，他对朋友的坦诚和认真劲儿每每令我感动不已。而他则在尽心付出之后，风淡云清，若无其事。

　　小强是个儒雅的书生，他与这个时代格格不入，虽然他做任何一件事情都很出色，都在尽力做到极致。但我总感觉他生错了时代。他应该回到古代去，穿上长衫，戴上冠帽，吟诗作画才是他的本行。

　　小强是个被工作和政务埋没的诗人。在高强度的工作环境和复杂纷扰的人际关系里，他的才情和诗意正在被一点点耗尽。

好在，这个世界上还有书可读。世界变来变去，工作换来换去。小强一直没有忘记他是个读书人。

读书拯救了小强。而小强拯救了我。每当我懈怠、懒惰，无所事事，萎靡不振，想着反正活着没意义，什么都想放下，什么都不想写也不想做的时候，他就像佛陀一样出现在我的世界里，通过电话或者通过书信进行劝解、激励、点化，然后，送我一堆书，让我慢慢去读、去觉醒、去感知这个千疮百孔的世界里，仍然还有太多意义与美好并存。阳光明媚。

他是我最好的书友，没有之一。

鲍贝
续小强

离开"法则"之后的诗人

鲍　　贝：我们认识是否有十年了？

续小强：已经超过十年了。

鲍　　贝：都说过于熟悉的朋友之间，是没有什么传奇性和
　　　　　神秘性可言的，因为彼此都知根知底，连好奇心
　　　　　都会消失。但于我来说，随着时间的推移，对你
　　　　　的了解越多，越觉得你的非同凡响和卓尔不群。
　　　　　你的传奇性并非来自所谓的大起大落、百转千回
　　　　　的丰富经历，与之相反，你的传奇恰恰来自于你
　　　　　的平淡。

续小强：这是我第三次做访谈。间隔下来，很有意思，大
　　　　　约都是十年的样子。每次访谈，问话人好像都有

一个明确的"主题"。第一次，是一个报社的同学发问，他预想的对象，是还未毕业的大学生，谈的是读书、写作和工作。第二次，是苏州的一个朋友发问，他代表江南的读者想要了解的，是一个北方人对苏州有什么样的感受。你的这个"传奇人物"系列，有点吓到我了。说真的，我一直努力的，是做好一个普通人，"普通"得尚还不够好，突然"被传奇"一下，真的很是不适应。其实我的生活和经历都极其平淡。

鲍　贝：是的，在大部分人眼里，你所经历的一切似乎都是平淡的，好像都是顺风顺水的，都是在世人可以理解与接受的思想和行为范畴之内的。

续小强：你看，在你的言辞里都是谨慎，你在"顺风顺水"前面，用了"好像"和"似乎"。我希望所有的人都能拥有"顺风顺水"的美好。可是我回忆了一下自己四十一年的有限生命，连你说的"好像"和"似乎"也配不上。

鲍　贝：你还是保持了你一贯的谦逊和低调。你的老家在灵石，你从一个偏僻的小山村里，通过读书考试一步步走出来，考进山西大学半工半读参与编选《新作文》杂志的工作，毕业后留下来继续编，2009 年又转到《名作欣赏》杂志任执行主编。那

1998 年夏天，续小强在此干活，邮递员送来高考录取通知书

是一本有着三十年历史的老牌杂志，你接手之后做得有声有色。那时的你，应该是全国最年轻的文学刊物的主编吧。没过几年，你却突然被调到北岳文艺出版社担任社长兼总编辑。出版社刚刚有点模样了，突然又被调到山西省新华书店集团公司担任副董事长……看起来一切似乎都是顺风顺水的。但我知道，所有"突然"发生的事件，都有其必然性和一段不为人知的漫长过程。在体制外的我，并不能够完全懂得体制内的你所经历

　　　　对话　续小强

的心路历程，以及职位转换所带给你的内心波动。你能阐述一下你的这几段转折对你的生命意味着什么吗？

续小强：尽管每一个人都是一个哈姆雷特，一千个人眼中就有一千个哈姆雷特，那么，还有哈姆雷特吗？所以说，错觉和误会如荆棘一般遍地丛生。你需要有一点点清醒，拨拉开几根刺条，忍着疼往前走。高考是一个转折。没考上复旦，上的是山西大学。现在还心有不甘，偶尔会做高考的噩梦。上了就上了，不回头，不复读。在2000年的夏天，偶然的机会，入了编辑这个行当，起初是为的谋生，减轻家里的负担，慢慢进入，才发现自己是真的喜欢。

鲍　贝：所以，你还是很顺的，第一份工作就能够做自己喜欢的事情。

续小强：是的，2000年到2009年，我一直在编《新作文》杂志。我编得很投入。直到现在，仍然怀念那一段白璧无瑕的岁月。

鲍　贝：后来怎么又去了《名作欣赏》？

续小强：和《名作欣赏》杂志纯属偶遇，不在计划内。我当时的计划是去读一个山西大学的研究生，然后看能不能到出版社去编书。老领导说咱们编《名

2002 年，续小强在《新作文》杂志社

作欣赏》吧？我说好啊，就这么干了四年。这四
年天南海北地跑，四处求见，不知疲倦，一个文
学爱好者突然变成了一个文学刊物的编辑，感觉
特别幸福。

鲍　贝：后来调到出版社工作，是你自己的要求还是被安
　　　　排？

续小强：去北岳文艺出版社，也是计划外的事情。在《名作
　　　　欣赏》杂志工作期间，同时完成了硕士的学业，因
　　　　为见了一些世面，就想着读一个博士，重新换一个

频道工作、生活。这个念头，在 2010 年《新作文》杂志创刊十年的纪念文章《十年一觉已无梦》中就显露出来了。当时考了南开和北师大，都进入了面试，最终去了南开，定向委培，在职攻读。但还是没有在学校念书的命，2012 年秋季入学，12 月底就听将令，到北岳文艺出版社工作了。七年零四个月，倏忽而过，好像都没来得及眨眼睛，就过去了。离开的那一天，脑子里转的，就是杜甫的那句诗："感时花溅泪，恨别鸟惊心。"

鲍　贝：虽然我不是你，但你当时的心情，我想我能感受到。发生在生活中的很多变迁，我们都来不及去计划，甚至连准备的时间都不给你。

续小强：是的。后来到新华书店工作，更不在计划内。算是一次意外的重逢吧。我给自己的定位，是"同频共振、同题共答、同心共情"。如果说有一点不适应的话，就是这边开店迎客、人来人往，有点太热闹了。

　　　　如此这般，也许就是你说的"转折"吧。我所体味的，我所坚定的，是从来没有什么顺风顺水，只有顺时顺势。无限世界，风大水大，"晓"不得的事情太多了，只能按自己渺"小"的办法办。

鲍　贝：在我眼里，你虽然身处体制内，但你本质上其实还是个儒生。我以为，你担任杂志主编也好，当出版社社长也好，现在又担任山西新华书店集团副董事长，身为管理者的你，每天努力完成你手头上方方面面的工作，那些，只是你"入世"的重要方式，但却不是你唯一的方式。我相信一个人的社会责任，会因为角色的改变而有所改变，但信念与文化心理结构却不会因为社会身份的变化而发生根本性的变化。在多种角色的互换中，你始终没有放弃你的写作。在我认识你之前，你就一直在坚持写诗、写文章，只要有一点点空隙，你就埋头读书。前阵子听你说在重读鲁迅、苏东坡、陶渊明，最近你又开始在重读沈从文的所有作品。在我眼里，你自始至终就是一位面目儒雅的柔弱书生，而在你心里却有着一个强大的主旋律，感觉你的慈悲心和济世心都特别重。这些品质在你的诗文和与我多年的交往中都可显现。在我的感觉里，你的这种状态几乎是健康的，也是积极的、理性的、务实的、不颓废的，同时，也是极为清醒的。不知你是如何看待"入世"和"出世"这两种状态？

续小强：我读博士期间，写过一篇王实味的文章，发在李国平老师主编的《小说评论》上。这篇文章，以王实味为例，探讨的是党员知识分子的内在矛盾问题。本质上，这也是一种"出"和"入"的矛盾问题。"出"和"入"，排在第一位的是矛盾。瞿秋白的《多余的话》，真是太显豁不过了。陈独秀的晚年也如此。党员知识分子如此，一般知识分子如此，普通老百姓也如此。在"出"和"入"的问题上，没有高低贵贱之分。我想说的是，无论"出世"，还是"入世"，它不是抽象的，只有具体到活生生的人，我们才能够去触摸它的难度、深度和广度，才能去反观、反思、反省我们自己的生命状态。你说李白是"出世"的，还是"入世"的？他是"诗仙"啊，但是你读他的许多诗，你会发现他对功业的追逐也是实实在在的，甚至可以说是赤裸裸的。或许，正是有了"出"和"入"的张力，才显示出了人性的丰富性和饱满性。

鲍　贝：在"出"和"入"之间，你对你目前的这种生活状态满意吗？

续小强：我没想太多"出"和"入"的问题，我经常思考的，是"安身立命"的问题。工作安身，写作立命。这么说可能不太准确，但对我来说，它是有效的，而且，我一直也是如此实践的。所以，无论工作，无论写作，既然已经想明白了，就尽可能地去努力把它做好。如此，职位的高低，写作的声名，都不会纠结到自己。自自然然，坦坦荡荡。至于读书，我觉得人活着就应该读书，它应该和吃饭、睡觉一样自然，它是人的本能。最起码，它是我的本能。书中没有黄金屋，书中也没有颜如玉，书中有的，是自己一个又一个的面像——幸好有书，我才如此满足。我倒是很羡慕你的生活情状，自由自在，随心所欲，可以边走边玩边写，还举重若轻地经营着自己喜欢的书屋。

鲍　贝：你总是羡慕我的生活状态。可能跟我不在体制内工作有关，因为我不用每天按时上下班，将近二十年，旅行和写作几乎是我生活的全部；这在快节奏的现代生活中是很稀罕的，但是在古代，却是文人常见的一种活法，很健康也很实在，可以在行走中与动物与植物们唇齿相依、亲同手足，可以一路记下所见、所闻、所思、所念。一句话，活得更自然，更像一个自然人。

续小强：在古代，像你的这种状态，我想也是极为稀少的。你看《儒林外史》，真是个个苦人。陶渊明、苏轼，也各有各的苦。陶渊明的饮酒诗写得那么好，但他的酒从哪里来，要么借，要么别人送。苏轼一生，政治云雨，阴晴不定，奔来跑去，要说多的，只是形而上的快活而已。《世说新语》各色人等，朵朵奇葩放光彩，真让我们成为那样的人，不可能，也来不了。但陶渊明、苏轼给我的提示是，心的自由才是最放松、最伟大的自由。他把自己彻彻底底地在天地、宇宙间打开了，心中自由行，行中自由心，非如此，无法成就他们那伟大得不能再伟大的诗篇。

鲍　贝：如果，我是说如果，我们可以换位，你愿意经历我所经历的自由生活而放弃你目前的社会地位吗？

续小强：现时代的中国，更需要陶渊明、苏轼的诗华。所以，如果可以，我愿天下所有的人，包括我，都像你那样子去生活。也许这样，才能增加陶、苏出世的概率。

鲍　贝：我想在我们的生活当中，都需要有陶渊明和苏轼的存在，但那个时代毕竟是回不去了，只能在内心重建一个有别于现实世界的精神家园。

续小强：一谈及精神家园，就让人想到虚无。

鲍　贝：我们常常谈论起生命的虚无与空寂、无常与超脱。当我们在谈论生命无常、活着虚无的时候，其实我们都在争取下一分钟活得更像一个人，这是不是也是一种入世的方式？是度过生命危机和安顿灵魂的一种方式？

2011 年 5 月，续小强在南京明城墙

续小强：与人谈论，对己沉思。谈生谈死，谈虚无空寂，
谈无常超脱，本质上和讲故事是一样的。而且，
我们在谈论的时候，并不是抽象地在议论，都有
具体人与事的依托。

所以，借着"讲故事"的比方看，这些抽象的谈论，
真还就是一种"入世"的方式。通过"讲故事"，
我们进入了现实，摆脱了恐惧。通过"谈论"，
我们释放了虚无的钳制，进入"庆祝无意义"的
状态，而获得新的意义。"我谈论，故我在"，《十

对话　续小强

日谈》是不是就是这样呢？但不一定都是为了"争取下一分钟活得更像一个人"，我觉得，更准确的说法，应该是，"争取下一分钟再把自己找回来"。

鲍　贝：如果抛开体制的依附，离开"丛林法则"，仅仅作为一个儒生或是一个诗人的存在，你认为最好的体现价值在哪里？

续小强：体制和法则，过去在，现在在，将来也在。"儒生"只是一种气质的描述，"诗人"或许更实在一些，如一座工厂，它是一个"实体"。

你问的是，如果。我想，如果离开体制或法则，还有诗人存在的话，那么，诗人存在的价值为何？如果他还有存在的价值，才有"一般的体现价值"和"最好的体现价值"。假设诗人在脱离体制和法则不仅存在而且有价值的话，我认为他"最好的体现价值"在于，他经历过"体制的依附"，和"丛林"的"法则"，他会用他的诗，叙说一种美是如何诞生，又是如何毁灭的；他会用他终于学到的理性，陈述良善的德行不仅正在被蚕食，而且是有重力加速度的；他甚至还会现身说法，世俗正被精确的现代化一再袭扰，哪怕你有一丝一毫的晕眩，都是绝对不可以的。

鲍　贝：如果说在体制内生活，离不开集体，离不开绝大多数的思想牵制，离不开"丛林法则"，在"丛林法则"的笼罩下，个体的力量是相当微弱的。而你仍然保持着独立的思考和清晰的判断，虽然，总有些时刻，你也会被曲解，也会愤世嫉俗，但你的行为、你的动作幅度并不会过于激烈，不会因为不慎或失控，一怒之下撞碎了自己。你在世人眼里，也称不上英雄或者勇士，你并不会给集体和任何个人造成一种突兀感和莽撞感，所有表现出来的一切，都显得朴素天然、柔弱谨慎，用现在的话说，一切都是"可操作性"的，你在大家都能理解和接受的前提下，表现出了生命的不屈、强悍以及坚持到底和抵抗到底的强韧不拔的精神，你的这种处世方式，在你的同龄人当中，尤其显得更持久、也更耐磨损，我认为在这些方面你做得非常棒。在时常会出现的动荡局面或内心波澜当中，仍要一碗水端稳，而且永远端稳，是很难的。

续小强：你的鼓励既让我感动，又让我惶恐。感动的是，你在理解我。但是，你毫不吝惜地赞美，让我惶恐。我果真如此吗？

鲍　贝：至少在我看来是这样，你各方面都处理得很棒，很了不起。

续小强：我大学毕业的第二年，我的一个高中同学要去迪拜谋生活，他有一台电脑，几乎是全新的，他转让给了我。有一天倒腾保护屏的"漂字"，我几乎是不假思索地就敲上了一句话："我什么时候才能安静下来？"这个问题，一直问到现在。快二十年了，还在问。越问自己，越是糊涂，已过不惑之年，更是惑，就是连自己所要问的"安静"也是不知道所指为何了。

与这一行问话，其实心的最深最深处，还有一个类似回响的语音："我深知自己的缺点……"

鲍　　贝：其实很多时候，我们了解自己比了解别人更难。你还有一件事让我印象极为深刻。当时你选择了考博士，后来果然也考上了。攻读博士的几年正是你进行工作转型期间，在北岳文艺出版社最忙最累的几年。连我都能感受到你的身心疲惫和焦头烂额的状态，感觉那些日子你都快要崩溃了，但你硬是咬着牙完成了学业，同时把繁重的工作也都井然有序地处理了过去。我记得我都劝你别读了，获得博士学位又怎样？但你还是坚持了下来。你让我的感觉是，你好像什么都能挺过去，你就是打不死的"小强"。

续小强：现在回想起来，一边工作一边读博士，真的是异常痛苦的人生经历。痛苦到，比在北岳文艺出版社熬煎的痛苦，还要痛苦。有一次，去见导师，饭桌上我无所顾忌地大哭，当时真的是快崩溃了。不堪回首。难以尽述。好在都过去了。总算没有给"小强"这个名字丢脸。

所有重要的选择，往往意味着深刻的孤独。我偶然的机会去到北岳文艺出版社工作，现在想想真是后怕，真是佩服自己当时的勇敢。好在也都过来了，也都过去了。所有的刻骨铭心，只有自己独自消受。

鲍　贝：而你的这种精神，也总是在鞭策着我，虽然，我还是和以前一样是个懒散的人，能不动就不动，但一想到你的努力和用功，我就会赶紧动一动。所以说，遇到一个积极上进的好朋友，不用苦口婆心，只要你存在着，就是一份激励。在我的这一生中，你是给我选书寄书最多的人，作为一个读书人的你，唯恐我不读书，荒废了学习。因此，只要有你在，我就不会放下手中的书本。

续小强：我们因写作相识，多年以来，一直相互激励。你的天分很高，写作的天分更高。写，是浪费生活；不写，是浪费生命。是生活重要，还是生命重要，也许并没有一个特别准确的答案。

一个小说家，需不需要读书？我记得读张爱玲的书信集，她为了写作，却是刻意不买书且不藏书的。但她还是读书的。尤其是读《红楼梦》有关的书。各式各样的都读。山西有一位小说家张石山，我第一次去他家，去到他的书房里，我惊讶于他书架上的书，竟没有我大学期间买的书多；私下里，他也常常豪言壮语，我写小说，从来不读书（大意如此）。不过后来，他识得了林鹏先生，开始"读书"了。读完了《论语》。不多时，一本《被误读的论语》就写出来了，这也是我责编的第一本社科书。

鲍　贝：我想，每一个小说家都需要读书。我也爱读张爱玲，张爱玲的写作深受《红楼梦》的影响。而我在刚写作那会儿，却是受过张爱玲的影响的。这种作家与作家之间的互相影响和懂得也是非常奇妙的一件事。记得十年前，你的微博头像下面有一句话："一大片的黑……"不知道为什么，就是那五个字，我仿佛就读懂了你。后来，我们谈论时势，谈论社会，谈论人心和人性，也谈论战争……在一些特别残酷的事件中，关于人的兽性描述多到了不忍复述的地步，每每谈论至此，我们都会陷于绝望，彻底悲观起来，甚至觉得人类已经走到了万劫不复的绝境。作为一个人，我们没有理由再向上苍去索要幸福，只得认命，等待我们的只有那一大片的黑……

续小强：我已经很久很久不上微博了。你的记忆可能有误。当时写在下面的话，可能是："一小团的黑，折磨着一大片的空白。"不过，和你理解的意思大致不差。

我的第一本诗集里，确实有过很多"黑""黑暗""暗黑""黑夜"等之类的话。

"让我仰仗一次朝阳／我只需要一秒的光亮／来安慰，哭泣的／一整片夜的黑暗"（《一个人的早晨》）

"来吧，给我一点冷的湿润／星空无光／灰暗是明显的／没有人注意／丛丛野草顶破土地的平静／就是这样，软弱接踵而来／无人知晓"（《软弱》）

"这个夜晚，深深隐藏你的，不是黑暗／半个白天，火车便把我带向了远方"（《这是一生可以全部相处的时光》）

"过多的言语已成为丑行／半杯白酒，一抹黑影／这列火车揉碎了雾的翅膀／而冰，终于隐藏了河水的笑声"（《离逝》）

还有很多关于黑的句子。

鲍　贝：你应该好久没写诗了，但你还能够随口说出你的诗句，真是难得。我就不行，有时候，朋友坐在我面前跟我大谈小说中的人物或情景，我自己往往想不起来，我会反问对方，那真的是我写的吗，我说过这些吗？

续小强：哈哈，可能是因为你写的都是长篇小说，而且写了一部又一部，写得多了，难免会想不起来。

鲍　贝：你的形象总让人觉得，你不过是一个手无寸铁的书生，只能躲在角落里吟几句诗，并在纸上默默记录。而当你回到管理者的职位上时，你又表现出了你的刚强和果断。你的柔弱和强悍交织于一身，我自以为非常能够懂你。但有时候，我又觉得你就像是一个会变身的谜，永远读不懂你。

续小强：黑和白、柔和刚、弱和强，真的是对立而又统一的。我觉得它和我们前面聊的"出"和"入"不一样。"出"和"入"第一位的就是矛盾的。它们不是。它们能够统一。而且是能够完美地统一。

国王有两个身体，作为普通人的我们，也应该可以有两个身体（自然—社会之身，生命—精神之身）。

鲍　贝：所以，你会变身？

续小强：我们都会。

鲍　贝：据我所知，你所交往的大都是上了年纪的长者，这些亦师亦友的朋友一定带给你很多生活经验和处世经验，这是否也是你比同龄人要成熟稳重的原因之一？

续小强：从小到大，我都喜欢和大孩子玩。虽然，也有很多大孩子不喜欢也不带我玩，但还是有一些大孩子接纳了我。工作之后，也大致如此。张颌先生比我大六十岁。林鹏先生1928年生，比我大五十二岁，交往很多，可以说是忘年之交。黄永厚、韩羽先生都是1931年生人，也是交往很多的。沈虎雏先生1937年生，张仁健先生1938年生。40年代、50年代、60年代，都有几位对我影响很大的先生、老师。心里头坐着几位老先生，你会觉得很温暖、很踏实。我永远忘不了他们。

2014年，续小强和林鹏先生　　　　2013年，续小强在韩羽先生家

对话　续小强

鲍　贝：都说看一个人的品性，只要看看他交往的朋友圈就会知道大概。相信你交往的这些长者对你的影响真的很大。

续小强：我骨子里其实很感性、很随性，谈不上什么踏实、稳重。我从老先生们身上学到的很重要的一点，就是不要装腔作势，真实自然最好。想吃就吃，该睡就睡。张仁健先生有副联："闻鸡何须起舞，睡觉照样成仙。"

鲍　贝：哈，感觉张老先生的这副对联应该是写给我的，我就喜欢睡懒觉，一睡睡了几十年，白天一事无成，却在梦里成仙。

续小强：你可不是一事无成，你在多少人心中早已经活成了仙儿的模样，别人模仿不得，努力也未必可以达成。

鲍　贝：最后还有一个问题，假如生命可以重来，假如你可以预先选择你的人生，你会选择怎样的方式来完成你的一生？

续小强：我去年四十岁，按照孔老先生"四十不惑"的教导，我还真的是很认真地思考过这个问题。我的父亲，是一个木匠。我想假如生命真的可以重来，我愿意像他那样，做一个认认真真、老老实实的手艺人。

　　怀一老师的画，是真让人喜欢。他的画里有一股清气和静气，他把古中国文化里的荒寒和孤冷通过绘画诠释得淋漓尽致。这种荒寒和孤冷的生命气息与意境，不是每个画家都有能力去抵达的。

　　一直都有想邀请怀一老师来鲍贝书屋做场画展的愿望。

　　我的愿望达成了。

　　感谢怀一老师欣然同意。

　　这个冬天的他，正在北京的工作室里专心致志地画画。让我满心欢喜又感动的是，他正在画我最喜爱的梅花。画完一幅又一幅，仿佛开出一朵又一朵寒梅，清香徐来。

　　此次画展的设想初期，好友小强给出了一个天才般绝美而意义非凡的创意，他请来90岁高龄的画家韩羽先生抄写齐白石写梅的诗词共30多首，再由怀一老师根据齐白石的诗词意境作梅。最后，两位名家联手的"梅花双清"作品，将于梅开时节在鲍贝书屋展出。

这是何其雅致的一件美事。此等雅事，从来只会在中国古代文人雅士之间流转，仿若传奇，于这个一切皆以名利至上的现代社会来说何其奢侈。

感恩我身边始终都有这些人存在着。他们坚持自己的美与立场，向这个世界传递着文人应有的骨气、义气和傲气。

在他们身上，我看到了艺术的意义、活着的意义、人之为人的意义。

鲍贝
怀一

谁懂他画里的孤冷与荒寒

鲍　贝：怀一先生好，十年前你在杭州西湖边办过一场个人
　　　　画展，我应朋友之邀去看你的画，印象非常深刻：
　　　　你的画意境深远，空灵幽静，没有刻意和讨好，甚
　　　　至没有丝毫烟火气。当时我以为你一定是位上了年
　　　　纪的老画家，若非经过几十年的苦修，你的笔墨
　　　　怎么会流淌出如此闲静、超然的气息。见到你之后，
　　　　很是吃惊，我没想到，你正当中年，而现实中的你，
　　　　意气风发，世事通脱。让我再次吃惊的是，你没
　　　　有上过美院，没受过专业系统学习，也没听说过
　　　　你的导师是谁。在我看来，你的画是直抵艺术的
　　　　核心，每次说起你的时候，大家都像在说一个传奇，

很想知道你的绘画之路，可以展开谈一谈吗？

怀　一：惭愧。过誉。每次面对访谈问答之类，总有一种过堂的感受。我没有什么传奇，你觉得偶然，其实也是我多年积累、磨炼之后的必然。买五元钱的彩票可能会中五百万的大奖，卖烧饼的要存一万元钱需要多少个日日夜夜去努力。尤其我从事一种具有笔墨渊源的中国画，这种画法千百年来形成了一个完整的认知方式和欣赏标准，最终呈现于纸本上的每一笔痕迹，都是斤斤计较、死去活来，以时间与生命为代价所换取，其中没有捷径，投机更是自欺欺人。我幼时既习颜平原，后来描摹年画、连环画，二十岁做美编，给报刊画插图。期间文学热，一度写小说写散文，其后不了了之，又回到画桌上。此前杭州画人与我聊起美院、专业、系统，这些听起来堂皇的说辞其实只是一个幌子。记得我曾为乡人写过一联云：真言酒里，大书窗外。

鲍　贝："真言酒里，大书窗外"，初听超豪迈，再一回味，很是无奈。

怀　一：或许也是一个幌子。

鲍　贝：我读过你的文章，字句干练洁净，境界已非常人所及。绘画之外，你也一直笔耕不辍，出了多部随笔集。可以说，你的写作，在当代画家中也很

出色。你对自己的写作抱有什么样的态度？

怀　一：我的写作简直是有一搭没一搭，有时肚里有话，
　　　　不吐不快，乘兴记录。文字的学问浩瀚博大，我
　　　　在文字面前永远是小学生吧，因而我把更多的话
　　　　埋在了我的画里。

鲍　贝：如果说，世界上有哪项事业的成功率低到令人发

对话　怀一

指，却又令无数人飞蛾扑火般前仆后继，我想大概就是绘画这个行当。每年都有成千上万人毕业于各大美院，个个怀揣艺术家的梦想，有些还没毕业，锐气和朝气便已折损过半，进入社会数年，许多人也就泯然于众了，真能成为艺术家、修成正果之人少之又少。在这一点上，我认为绘画和文学是不一样的，文学可以穿越空间传播，而绘画必须通过现实的触及而传播，需要通过各种展览等媒介，才能让大众真正看到你的绘画本体，不然大众便不会知道你的存在。你如何看待绘画与文学的关系？你如何考虑自己的绘画作品的传播？艺术和市场之间有矛盾吗？你又是如何把握或平衡二者的关系的？

怀　一：每个行业表现的形式不同，最终的目的、意义约略相同。中国七八亿农民，可以把地种好的农民寥寥可数。不必叹息。文学、绘画只在形式上有所区别，所要传递的终极意义并无差异。宋人邓椿《画继》有一句"画者，文之极也"。其义一目了然。不论文学、绘画，经典的作品总是会穿越时空，为人所尊，差次的产品必然是自生自灭。传播过去是个难题，如今传播泛滥成灾。艺术市场只被从事艺术市场的商人所关注，如果真是画得好，市场终究会对你开放的。

鲍　贝：很赞同你这个说法。我想，无论写作还是画画，如果通过艺术，我们能够让自己变成更好的自己，并创造出让自己满意的作品，其他所有的一切就都不是问题。

除了纸上绘画之外，《呼风集》和《风来集》是你画竹的两本专著，你对竹刻的理解，可否理解成你对尽精微、致广大之追求？你的竹材、紫砂刻绘，以及其他格物手做，是否怀有"传世"的野心？你如何看待艺术的现世劳作与后世流传？

怀　一：我个人喜欢以往文人与神工参与制作的赏玩器物，这些玩物被冠以一个称谓叫"格物"。《呼风集》《风来集》即是我尝试竹艺绘制的一个小结，此外，我还做过石、陶、木，以及金银铜铁的刻绘。我画清供得到的方法和体悟，往往是平时我所把玩种种器物给予我的回报。我喜欢的器物在我眼里不是物，他们各具生命，与我会心，一如故交。赏心悦目的器物信可传世，在令人向往的器物面前，我们只是过客。

鲍　贝："一旦我进入绘画，我意识不到我在画什么。只有在完成以后，我才明白我做了什么。我不担心产生变化、毁坏形象等。因为绘画有其自身的生

命。我试图让它自然呈现。只有当我和绘画分离时，结果才会很混乱。相反，一切都会变得很协调，轻松地涂抹、刮掉，绘画就这样自然地诞生了。"——这是抽象派画家波洛克说的话，他代表了抽象派艺术家在绘画时的状态，也代表了他们对于绘画的一种观念，他们在绘画的时刻无所顾忌，也无核心和附属可寻，也被称之为满幅绘画。而你的绘画却是地地道道中国做派，传统文人式的，古典而幽静，大片留白，崇尚极简，你能谈谈你自己的绘画观念吗？

怀　一：异想天开地破坏，无端地宣泄个人情绪，构成了波洛克绘画的主体。千百年来，中国绘画历经演进，不论哪个时代，精神向往、寄托情怀依然占据了中国绘画的绝大份额，因而对于经典笔墨之传承便成为多少中国画家的毕生追求。中国画也有物我两忘、以形写神、气韵生动等抽象的说辞，然而中国画所言的物我两忘也正是要你不为物围、不为执念，去往一个愈加旷达的精神境地。物我两忘，以形写神，气韵生动，意寓褪尽表象之外形，萃取形而上的神韵与灵魂。这么抽象的说辞在中国画的实践中具体可行，梁楷的《泼墨仙人图》，牧溪的《潇湘八景图》，徐熙的《雪竹图》，八大山人的《鱼鸭图》，金冬心的《月华图》，便是中国画物我两忘、以形写神、气韵生动之典范。中国画的抽象是诗性的，西方，至少波洛克的抽象绘画则更像是精神崩塌之后的个人宣泄。

鲍　贝：曾经出现"新文人画"，你当时是否参与其中？时隔多年，你如何看待"新文人画"？

怀　一：我曾经主持二月书坊，大约有十年时间为倡导经典中国画而努力，其中也为具有笔墨品质的当代画人做推广。毋庸置疑，所谓经典的中国画，即是王维、苏轼所说的文人画。我参与过部分"新文人画"的展览，不论人们如何评价"新文人画"，

　　　　　　"新文人画"确实起到了引领画人回望经典、传承笔墨的作用。

鲍　贝：艺术家应该把内心的东西表现出来，有些画家重直觉、轻理性，倚重自己内在的体验，而漠视外界的规定和概念；而有些艺术家则反其道而行之。你在作画时是如何去遵从"自我的内心"，或者说，是如何去理解和平衡直觉和理性两者之间的关系？

怀　一：如果按照你说的规定和概念，估计我什么都做不起来。书本上的说辞、人们一贯以为的说法只是僧侣早课，如何成佛是另一回事情。每天去平衡这些关系好像比领导干部还辛苦呢。

鲍　贝：所以像你这一类人，怎么会进入体制内去工作？你就应该是个自由职业者，成佛或者成魔，全由你自己做主。

怀　一：你也是这类人。

鲍　贝：至今为止，你认为自己画出了最满意的作品了吗？你认为自己最满意的是哪幅画，为什么？

怀　一：尚且可看的会有，最满意的一直都没有出现。为什么呢？

鲍　贝：只能说艺术本无止境，你仍在追求自我完美的路上。

怀　一：完美意味着完蛋。没有什么完美。

鲍　贝：换个说法，关于艺术，没有最好，只有更好。到目前为止，你认为最满意的个展是在哪一次、哪个地方？

怀　一：在满意的作品还未出现之前，最满意的展览无从谈起。

鲍　贝：我希望这次你能画出自己满意的作品，在鲍贝书屋搞一次满意的展览。

怀　一：期待。我在认真地画。认真擦一块地板肯定比不认真要擦得干净，但是，认真不是可以画好的全部理由，有时不认真反倒比认真画的更加恣意。刚才反复提到"物我两忘，气韵生动"，这几个字才是我想到达的境地。

鲍　贝："物我两忘，气韵生动"，当你拿起画笔，全神贯注于你笔下的线条时，你已经在这八个字里面了。

怀　一：先要忘我，把自己置于无我状态。

鲍　贝：大多数艺术家在面对自己的作品时，都不太愿意去"重复"，"重复"意味着陈旧，没有创新。而"重复"对于有些艺术家而言却不是问题，罗斯科画了二十多年矩形方块，纽曼画"拉链"条子画了三十多年。但对有些艺术家来说，却是致命的，会被一种灵感枯竭的感觉所笼罩。不知道你是否也会出现被灵感榨干自己的时刻？你又是如何面对或者理解"重复"这个问题的？

怀　一：如果你把绘画当作修行，每天画方块或者长方抑或圆和三角都不是问题，惠能每天的工作只是担水劈柴，金冬心说舍利子不在塔中而在扫地僧手里，重复的工作没有耽误他们修成佛主。我们看到罗斯科每天在画方块，那些方块在他心里或许就是一个无边的世界。记得西方人说中国山水画，一座面包又一座面包。石涛说："黑墨团里天地宽。"中国书法就是那么几个字，重复书写了多少年，有的登上殿堂，有的秋草凋蔽，结局不一。如果一个作家，几年下来重复讲一个故事，这事一定好笑；一个画人，一生只画那几笔竹子一点也不奇怪。中国画除了要描绘形象所指的东西之外，提炼出"笔墨"二字，笔墨是中国画之不二法门，笔墨幽深无极，如释如道，在不同人眼里有不同的样子。

鲍　贝：白石老人尝有"诗第一，印第二，画第三，书第四"。张瑞玑也有类似的说法。推诗为首，似乎成了中国传统画人的"一致意见"。你又是如何看待此"文化现象"的？

怀　一：前面我引过邓椿的话："画者，文之极也。"如果去考核江湖画家呢，他们或许以谁能用臀部画出最好的苹果为第一。

鲍　贝：今天看你拟题画梅的句子，"尘外""东风破""广寒宫女""烟霞冷""僧窗吻香""骑驴放鹤""清绝诗材""梅花女史，冬心先生"等，真是让人心生喜欢，喜欢到感动。你为画作所拟的标题也都是清冷、孤绝。

怀　一：刚刚画了十几幅，梅花不过两三朵。

鲍　贝：梅未开，意已到。你深知梅的品性。如果梅画一整片，就太闹了，意境尽失。

怀　一：是的，梅花一片就贱了。赏心不过两三枝。

鲍　贝：知己不过三两个。

怀　一：你是梅花女史。

鲍　贝：谁是冬心先生？

怀　一：你喜欢的人都是。

鲍　贝：我看你最近创作的这些画梅的作品，和我以前看过的你其他的一些画作，常常会有一种总体性的生命感觉，那就是荒寒和孤冷。这是否和你生肖属蛇的性情有关，我不知道你如何理解荒寒和孤冷这两个词？

怀　一：荒寒、孤冷不光是画面的一个景象。荒寒、孤冷也是中国文化的精髓。荒寒、孤冷常常出现在宋、元人的绘画中。至民国，荒寒、孤冷一直被中国文人画所追寻。或许，悲剧才是动人的。

鲍　贝：你的作品让我联想起古琴和古琴曲。古人留给我们的琴曲大概三千首，无一不是悲情的，那种来自内心深处的孤绝、清冷，和你在画作中所呈现出来的荒凉和孤冷的意境，几乎吻合。

怀　一：不好意思，不会带给你消极的情绪吧。

鲍　贝：当然不会，你作品中的孤绝和清冷是最高级的意境，它和消极无关。

怀　一：那就好。

鲍　贝：你如何考虑"传统水墨画的当代性"这个命题？你又是如何认识艺术和现实的关系？

怀　一：现实是现世的，我也不是现实主义的认同者。真正的艺术是不被时空所局限。现代、当代，更是一个比较现实的说法，在时间的长河里，现代和当代也是未来的古代。

鲍　贝：你的书籍装帧在出版界也有很大影响。你的书装艺术是否也影响到你的绘画艺术？

怀　一：反之。我的绘画影响了我的书籍装帧。

鲍　贝：我问反了。和一些朋友闲谈，他们都依旧很怀念你所主持的"二月书坊"、《画风》和《藏画导刊》。

怀　一：感谢朋友们的认可和鼓励。我正在为你的书屋画展画梅花，抄一句题画跋以谢："岭头不著花，一片香雪海。"

鲍　贝：也非常感谢怀一老师的对话。很期待这次画展能够在鲍贝书屋顺利举办。

梅娜

印象 • 梅娜

　　第一次见梅娜是在鲍贝书屋，她坐在我对面，穿着得体，娴静如水，始终都在认真聆听别人说话，她自己微笑不语。梅娜身上有一种与众不同的气度，隐约能察觉出她隐藏于神韵里的英气和剑气。

　　后来知道梅娜五岁学棋，十五岁就成了全国象棋大师。成为大师之后的梅娜渐渐失去了对手，没有对手的棋手就跟没有对手的剑客在江湖中行走一样，注定孤独。当职业生涯面临再次选择的时候，何去何从的茫然让她举棋不定。反复思量之后，她决定告别棋盘，重新规划人生。

　　经过七年的自省和磨炼，她又重新回到棋盘。

　　棋没变，棋的世界也没变，变的是她自己的心态和观念。当她终于肯和自己和解之后，也便和棋、和这个世界和解了。

鲍贝
梅娜

当她成为大师之后

鲍　贝：梅娜你好，今天与你对话特别开心，你对我来说
　　　　很传奇，完全是来自另外一个生活领域里的人。

梅　娜：今天我也特别开心，能跟作家对话还是第一次，
　　　　很新奇。

鲍　贝：你五岁开始学象棋，十五岁就已经成为全国象棋
　　　　冠军，拿过国内不少奖项，被人称以大师。我们
　　　　都知道，当一个人被尊称为大师之后，你的人生
　　　　就已经发生变化，再也回不到普通人的生活状态
　　　　中去了。你能否跟我们分享一下你学棋的经历和
　　　　第一次获得全国冠军之后的心情？

梅　娜：我五岁开始学棋，原因很简单，也很普通，是因

为我妈妈小时候想学下象棋，但她们那时候没有条件，看见男孩们在方寸棋盘间捉对厮杀，很是羡慕，所以，我长大一些的时候，她就让我也学象棋，圆她自己未圆的梦。我五岁的时候就开始上小学，当时不够入学年龄。我姐姐比我大几岁，她在上学的时候，我就看了她学过的书籍，尤其是数学方面，很早就展现出天赋。刚开始妈妈带我去菜市场买菜，每次应该找多少零钱，我张口就来，算得比计算器还快。那时候她们就考我，十块钱里面有多少个一分的，一角的，买多少，换多少，剩多少，各种转换，有时候大人算晕了，还没有难倒我。小时候看了姐姐的一本奥数书，很感兴趣，反复看，天天在脑袋里盘算那些数字。也看了一些带拼音的童话书，很多字不认识就缠着姐姐，后来学会了查字典，然后一个一个去确认。那时候，妈妈还带着我写日记，不会的字先用拼音代替，在我五岁上学以前就已经写了一本日记，所以在后来写作文的时候，我从来都不用费力气。我的数学计算能力特别好，也给学象棋带来很多好处。

鲍　贝：因为你，我开始相信天才就在我们身边。

梅　娜：哈，天才谈不上，但我相信一个人的天赋肯定是有的。下棋是艺术与竞技的结合体，天赋和努力，各占百分之五十。既要有瞬间迸发的灵感和创造性思维模式，也需要日复一日不断练习，复盘，总结，坚持。

鲍　贝：是的，能够把一件事情做到极致，除了努力之外，一定跟天赋有关。但天赋也是需要有伯乐发现才行，不然很有可能就被埋没了。不知道梅娜是如何一步步走上象棋大师这条路的，你的伯乐是谁。我想很多人都充满好奇，你能跟我们分享一下吗？

梅　娜：我最早的启蒙老师是傅宝胜老师，在我还没上小学的时候，我妈就给我请了当地最好的象棋老师，开始的时候傅老师到家里给我和姐姐上象棋课。傅老师也是寿县一中的高级教师，象棋、围棋都是省里的名手，也出过很多本专业性较强的教材和书籍。现在想来，我学棋的经历也有点传奇。当时傅老师不愿意教我，觉得我太小了，他想先教我姐姐。可是我妈妈说，你别看她小，她特别聪明，姐姐算术算不过她，不信你出几个题目考考，我们平时都考不倒她。当时傅老师不太相信，便随口问了几个口算题，我都对答如流，他便开始感兴趣。后来他问我从一加到十，等于多少，我说五十五。他很惊讶，问我这是什么思路，我说是一加九凑十，最后单独一个五，他有点吃惊，说，这不像一个五岁的小孩，这个徒弟我收了。

鲍　贝：哈哈，你真是天才，要是当初你师傅不收你为徒，我想他一定会后悔一辈子。

梅　娜：很多人都这么说。再后来，我在学棋的过程当中就一路都很顺畅。参加县里、市里、省里的比赛，节节攀升，基本上都是冠军。十岁的时候我被选拔进安徽省队，开始了职业棋手生涯。我的教练是亚洲冠军高华，也是圈内很有名望的与男子棋手同台竞技的巾帼英雄。在她的辅导下，我的水平突飞猛进。十二岁参加全国锦标赛和超一流棋手同台竞技，就赢了世界冠军，十五岁成为国家级象棋大师，是当时最年轻的国家级大师。多次获得全国少年锦标赛冠军，大师赛和团体赛，各种运动会的前三名和优胜名次。

鲍　贝：现在的 90 后，大多数都还在迷茫中，都不知道自己何去何从，而你已经是杭州西湖棋院的副院长了，对于目前的这个职位你满意吗？如果你有一次重新选择人生的机会，你是否还是喜欢这条道路，为什么？

梅　娜：我是杭州西湖棋院副院长，杭州市西湖区智力运

动棋牌协会副会长。我现在的主要工作是象棋的
普及与推广、竞赛和培训等。阔别赛场将近七年，
重新再回到棋盘上的时候，我看待象棋的心态不
同了，同时也有了一种责任感，就是想把象棋这
个国粹，能够更广泛地去普及和传承下去。

鲍　贝：以前的你作为一名棋手，一直都在为比赛而活着，
　　　　拿下无数奖项。而现在的你更是任重道远。中间
　　　　阔别七年，为什么又突然决定回到棋盘上？

梅　娜：有好几件事情很触动我，最终让我决定回归象棋，

是在今年4月份，我的古琴专业结业。在此之前，我没有想过要再下棋。这几年，我也是在不断地游走和学习中努力去找寻自己存在的意义和价值感。我在规划自己以后做什么，最终虽然没能决定具体从事什么职业，但和朋友约定，在力所能及的情况下，要做三件和公益有关的事情。恰巧今年毕业音乐会以后，和书法老师同行，机缘巧合地去了一个禅宗寺院。有幸见到了住持法师，本来那天我们带着琴和箫去的，聊天过程中，谈了很多。他得知我是象棋大师后，问我可不可以教他几个小法师下象棋，他认为象棋是一个很积极的智力运动，也是国粹，很有必要向几个小法师普及。几个小法师被带到我面前，他们单纯可爱、眼神清澈，当时我就感觉和他们很有缘。当天我回到南昌，买了几副棋子，第二天又返回寺院。我用了几天时间，教会了他们下棋、记录和做题。通过那几天的相处，我也被默默感化着。寺院里的一切，朴实简单。他们学棋都很快，悟性也高，也都非常喜欢我这个老师。为了不耽误他们做功课的时间，我都是利用早饭后、午饭后、晚饭后的碎片化时间去教他们。我走了以后，他们就把棋子带到宿舍里去下，后来听他们说在下棋的时候都特别开心，为了学下棋，他们甚至可以不吃饭、不睡觉。我听了很心疼他们，被他们这种简单纯粹的快乐给感染到了。这也是我决定返回象棋去做普及工作的动力和信心。

也是巧合，就在那次回来之后，我得知我要代表东道主安徽省去参加第十四届全国运动会象棋决赛，盛邀之下，在今年5月份我又重新开始关注象棋职业比赛，看棋谱，慢慢回归到了方寸棋盘间。

鲍　贝：回到棋盘之前的七年你主要在做什么？

梅　娜：在这七年里，一个人享受独处的时间会多一些，大部分时间还是以看书为主，弹琴，喝茶，听听音乐，看看纪录片。当精神生活变得越来越丰富的时候，物质需求就会变得很简单。生活方式也很简单，对吃穿的要求也越来越简朴，朋友圈子也相对筛选得比较纯粹一些。这几年也游历了很多山山水水，打卡了很多历史文化遗迹和博物馆，爬了很多茶山。趁着年轻和自由，身体和灵魂一直都在路上。

鲍　贝：我们每次见面都在书屋，我第一次见你的时候，就觉得坐我面前的这个女子不简单，虽然你一直脸带微笑，无论着装打扮还是言谈举止，都是极尽柔美，让人心生愉悦，但仍然掩藏不住你身上逼人的英气，甚至还暗藏着一股难以捕捉的剑气和侠气。当时我还差点以为你会武术或者剑术。后来知道你是象棋大师，你身上的这种气质也是可以理解的。你的这种气质是否跟你长期沉浸在象棋的冲杀世界里有关系？

梅　娜：您的眼光很犀利，看出我身上有一股侠气和剑气，侠气，可能和我的性格有关；剑气，和我的棋风有关。我的性格比较重情义，讲义气。比如团体赛，遇到难对付的队，又必须赢的时候，我会说，交给我，我来搞定。所以，一般熟悉的老师或者棋友都会喊我娜姐，虽然那时候我才十几岁，他们几十岁。队友的年纪比我大，却天天都喊我老梅。其实担当也是运动员可贵的品质之一。拥有顽强拼搏、永不放弃的精神，这是我当棋手最大的收获。关于我的棋风，一直都很犀利。杀法精准，经常能下出完美的棋局和灵感爆发时的神来之手。

鲍　贝：你平时很爱看书，是否也会看一些武侠小说？

梅　娜：我从小就喜欢看金庸先生的武侠小说和香港武侠电影，很向往心中的那个江湖，总想把棋盘里那把无形的刀剑练得快一点，再快一点，所以每一次杀着精彩的胜局都会让我很兴奋。记得在敦煌莫高窟看壁画期间，我在古城游玩时，拍了一组刺客风格的照片。那时候正好在学习和揣摩《广陵散》这首古琴曲，让我想到李白的侠客行，"十步杀一人，千里不留行"，和棋盘里飘逸迅速的棋子组杀时的心境有关。俗话说，乐在其中。下棋让人上瘾，也很过瘾。虽然这些年，我不断地修习自己的内心，也有很多其他的爱好，但是下棋依然能让我感到快乐，特别是棋逢对手时。我内心也有柔弱和细腻的一面，平日里也是长头发，长裙子，安安静静。喜欢文学，喜欢诗词，喜欢电影，很多人都以为我是艺术生。

鲍　贝：“十步杀一人，千里不留行”。当杀手是一件注定寂寞的事情。尤其是当你把对手全都杀光，再也没有对手的时候。

梅　娜：是的，除了职业比赛的时候，一般情况下，同等水平的还是相对极少的。所以不愿意下棋，也找不到对棋的人，比较孤独。

鲍　贝：象棋的世界充满哲学和技巧，每个下棋的人都有不同的棋德和棋风，所谓落子无悔，有时候错下一步，全盘皆输，你平时的生活态度和思考问题的方式，是否也会受到象棋的影响？

梅　娜：是的，象棋充满了哲学和智慧。要将象棋的一些哲学理念用在生活里，也是需要不断去感悟的。就如同人生，得不断精进自己。懂棋的人，结合自己的人生经历，善于复盘思考，会有不一样的视角和大局观。下棋给我最好的礼物，就是会对自己的人生不断地审时度势和深度复盘。我比较善于去悟。我的生活态度和思考方式也或多或少会被象棋的思维方式潜移默化着。如果不是下象棋的话，我的性格更偏于感性，现在我会带着很多理性思考去平衡。比如学习其他技能的时候，更注重总结学习方法和找关键点，相对学得会快很多。

但有些时候，人也需要放空。能用心去感悟的时候，尽量不用大脑去思考。

鲍　贝：你的悟性和天赋极高，但生活总是一地鸡毛，怎样去获得平衡是否成了你必须要去面对的事情？

梅　娜：人生如棋，要纵观全盘，必须先学会平衡。用理性的思维去分析、判断和选择，用直觉和灵感去创造、去体悟、去欣赏。而落子无悔这一点也非常重要。人生很多时候的决定和选择，哪怕是错的，过去了就过去了，时间回不来，无须后悔。及时去反省和总结，或许还能获得弥补。下棋就是一个接一个的选择题，如同人生，每一步都可能让你产生翻天覆地的变化。当下做每个选择的时候，才会显得尤为重要。我的人生经历，也有好几次破釜沉舟，但每一步的选择我都落子无悔。我不会用世俗的眼光去衡量现在的得失，我会从自己内心的成长角度去分析我的每一步，时不时会问自己，我有没有和初心背道而驰。我今天淡然的心态，就像一个棋手，已然胸有成竹，做好了准备。下好当前局面最该下的一着棋，简简单单，踏踏实实。以平常心去应对，有机会的时候就及时抓住，没机会的时候先稳住局面，等待时机，循序渐进。

鲍　贝：有没有"一着不慎，满盘皆输"的情况呢？

梅　娜："一着不慎，满盘皆输"。话是这个理儿，说明每一着的重要性。要在进或退还有空间的时候，把握好尺度。即便有时走错了一步，如果不太致命，亡羊补牢，为时未晚。如果对方没给你机会，或者错误致命，也欣然接受。但在这个过程中，我们能争取的，就是顽强地一步步去扭转对自己不利的局面。我以现在的角度去看棋，已不纠结输赢，不纠结某一步棋或者某一局部，提升整体大局观，才能在方向上有更直观敏锐的判断。

鲍　贝：你现在最快乐的事情是什么？

梅　娜：我现在最大的快乐就是无论学什么，都可以经常去悟，去思考，这个过程很有趣，特别是豁然开朗的时候，内心的快乐难以言喻。无论是弹琴，还是下棋，我都喜欢静下心来去揣摩，把它们跟中国的传统文化、哲学、儒释道的一些思想做结合，有时候会悟出一些老祖宗的智慧来。我也经常会把我们的象棋对比围棋和国际象棋，找出一些共同点和不同点，而乐在其中。

鲍　贝：认识你之前，我从来没下过棋，现在你成了我的师傅，感觉小小的棋盘中，自有大千世界，里面暗藏刀光剑影，也暗藏缤纷缭绕，不知道下了二十多年象棋的你，对象棋拥有一种什么样的情愫？

梅　娜：不敢说成为师傅，我们是互相欣赏。第一次见面我就很欣赏您。您给我的三本签名书，寓意是：一生二，二生三，三生万物。我仔细拜读了您的小说，非常喜欢，深深种下了去西藏的想法。您

通过这几次的学习，从零基础开始，到现在已经
会识谱打谱，您对象棋的悟性真的很高。学棋是
需要天赋和悟性的，当然更需要多下、多想、多
总结，来全面提高水平。您的知识体系、性格、
经历、格局、境界，都是大局观组成的一部分。
非常有趣的是，记得你和我下第一盘棋的时候，
你居然就出横车，冲中兵，而且在一点也没学过
的情况下，这些都反映出以后的你可能会是一个
进攻型的棋手，招法都是相对积极有力的。由此
推想，您的性格也是带着一股侠气和豪爽，这部
分感觉我们非常相像，所以才会自然吸引，我觉
得这也是一种缘分。

鲍　贝：对于一个刚入门级的我来说，现在下棋很难让我
瞬间静下心来。

梅　娜：你现在下棋还不能让你静下心来的原因有几个，
首先棋盘内的世界也是一个载体，先要静下心来，
再去下棋。由于现在是入门阶段，还没有真正进
入系统化学习里面，会有很多的技法，其中基本
功的一项就是杀法练习。从一步杀、两步杀、到
几十步都有。一般下棋，计算力十步以内就足够
了。基本杀法里会分不同类型，有以子力位置划
分的，比如挂角马、钓鱼马、侧面虎；有以子力

74

配合划分的，比如马后炮、双车错、铁门栓；有的围绕九宫，以纵向杀、横向杀为方向，进攻子力进行多兵种配合，这些都需要熟练掌握。当你基本功扎实后，有了概念要怎么去做杀、组杀的时候，你的棋子就会很灵活地进行调动和部署。此外，还要学习布局中局和残局的一些知识和技法。布局和残局都有一些定式，中局承上启下，变化也最为复杂，会有各种各样的战术战略手段。对弈的时候还要懂得取舍和选择，以及懂得控制自己的心理素质和状态，感知对手的心理状态，综合去考虑，一切应对皆在棋局上。相信再学一点时间，您就会自然而然地进入棋盘里的世界，拥有棋逢对手、废寝忘食的时候了。

鲍　贝：当一个职业棋手让你感到最美好和最痛苦的事情是什么？

梅　娜：首先赢棋的感觉特别美妙，那么输棋的滋味就同样痛苦。特别是当职业棋手的时候，身上背负的不只是胜负和名次，还有集体荣誉。快乐和痛苦始终并存，偶尔占比不同而已。在我们棋手的世界里，是一个又一个对手，和一个又一个比赛任务和攻克的目标。

记得有一次大师赛，我输掉一盘和定的棋局。当

时的我却没能理性地去看待胜负和判断局面，不甘心轻易和棋，抱有侥幸心理，起了贪念。在对局中，把车强硬地调动到偏僻的位置去吃兵，想争取一点物质力量，再进行长线的纠缠。结果被对手一个很隐秘的腾挪，控制住了将门，无法补棋，被偷杀。其实对手的实力并不强，是我的过于强硬而导致了我输棋，也就是说，我输在了心态上。对于职业棋手来说，一盘棋的胜负，名次就会相差很多。这是一种很深刻的教训。那时候的我十五六岁，心里特别在意胜负，那次输棋后，我就把对手的名字写下来，贴在床头，每天看一看，默默地摆她下过的对局，一遍又一遍地去不断研究，不断推敲，就是为了在下次比赛对阵的时候，好去扳回这一局。后来，当我们再次碰面的时候，我用研究好的布局方式，以最快的速度赢了回来，心里才算平复。这就是职业棋手。成为一名职业棋手就必须要有一种杀气和取胜的决心。当然，这对一个正常人的心态来说，并不好，非常折磨人。我在十几岁的时候，经常会做梦，在一个电梯里，任由我怎么按电梯都停不下来，只会一直往上冲，往上冲，快要冲到云层里了还是停不下来。很长一段时间，我经常做这样的梦，反复做。我知道这是在一种长期的压力之下却无法得到正确疏导和释放所导致的。我身边很多棋手也是如此，心理压力和失眠一直都在困扰每一个棋手。

鲍　贝：据说天才大都寂寞，你是否也会有高处不胜寒的感觉？

梅　娜：天才都寂寞，高处不胜寒。确实是这样，也毋庸置疑。要达到一定的水平，就必须得经历孤独。这个过程中，你会努力淘汰掉一个又一个对手，直到后来就越来越难找到对手。即便是自己潜心钻研的时候，也需要静下来把心神凝聚在棋盘中，到达一种无人之境时，才能深度研究和思考。无

对话 梅娜

论做什么，把事情做到极致的时候，一定是会孤独的。我也很享受这份孤独。因为爱好广泛，我的朋友很多，知交也有几个。和她们在一起的时候，真诚，放松，无论从生活琐事还是思想交流，想说就说，自然而然，我非常享受这种快乐。无心机、无利益，以最真实的一面去相处，才是最舒服的方式。

鲍　贝：听说你扔掉所有的棋子，毅然决然地告别棋盘整整七年，为何？

梅　娜：当我的水平达到了一定的程度，遇到了瓶颈期。想要更高的突破，就需要经常出去交流和学习。我在十八岁时就获得了安徽省省赛冠军，这是有男子国家大师和全省的男子业余顶尖高手的一个传统赛事，我连胜获得了冠军，也是突破了安徽省女子棋手的一个天花板。那时候全国锦标赛也进入前三，获得全国知名高校的保送资格。但后来因为种种原因，都没有去成。过去的事无关对错，现在看来也觉得不一定就是坏事。一直以来，我都算是一个对自己有要求的人，但训练条件的限制，让我渐渐趋于麻木。不上不下的感觉，让我越来越不自信，逐渐在失去自我，每天浑浑噩噩地度日。以为生活就是买了房子，每天上下班，

看看八卦新闻，早点回家去抢车位。没有了想要
去拼搏的梦想，也没有方向。那段时间的我不知
道自己还能干什么，但心中总有隐隐的担忧和不
甘。在我们的生命中，看起来突然间做出的决定，
其实都是因为积压已久。有一天，我意识到我已
经二十四岁了，接下去我要做什么，我还能做什
么？我要一辈子当棋手吗？我陷入迷茫，自己跟
自己冲突了一阵之后，就写了申请报告，彻底告
别了棋盘。我把一些精美的象棋送了人，其他棋
子统统扔掉，一个不留。以至于后来有的朋友与
我交往，根本就不知道我还会下棋。

鲍　贝：离开棋盘之后，是否也有落差感，还是有一种获
得重生的自由放飞的感觉？

梅　娜：我一直都爱听摇滚乐，最崇尚的就是自由。自由
无非是心里自由和身体自由。心里自由，我一直
都有。除了棋盘里车马尽情驰骋的自由，看书听
音乐的时候，也都能时刻感受到内心世界的无限
自由，无限大。小时候看过庄子的书，给我很大
的启发。以至于我的棋风也是相对自由飘逸的。
刚离开棋队的时候，那种解放，有点类似重生的
感觉。我去了很多地方，以前没去的、想去的，
想要故地重游的，都深度游玩了一遍。我也开始

自己做点事情，做的一直也不错。但是心里还是有很大落差的。我不知道象棋到底带给了我什么？回到生活里，我什么都不是，也什么都不会。一无所有。十几年的时光，就像消失隐匿了一样，我的心态也有些偏激，在棋盘上拼杀这么久，青春的时光和一身伤病，却转化不了任何成果。那么，我就不要好了。我要以自己的能力，去重新开始与棋无关的新的生活，我一直以来都很倔强，相信自己做什么都能够做好。

鲍　贝：告别棋盘后，你选择了什么行当去证明你自己？

梅　娜：我一度想要成为一个成功的商人来证明自己。但发现做一个成功的商人并不是那么简单，因为我的性格和我已经形成的价值观，还是在潜意识里促使我去选择更为简单的生活方式。我很不习惯去处理那些复杂的人际关系，而要成为一个成功的商人是无法脱离人际关系的。

鲍　贝：那几年你通过什么来调整你自己？

梅　娜：幸运的是，我遇见了禅宗。禅宗就像一门神奇的心理学，潜移默化地让我逐渐平和。在修行的那几年，我也喜欢喝茶、学茶，经常也会去爬山、茶游。这期间还结识了我最好的朋友，在我人生道路上不断给我鼓励和指引。后来花了两年时间

去学古琴。学琴的过程非常艰难，完全是从一个
零基础的音乐小白开始。短时间内需要不断突破
自己，也算咬牙坚持了下来。

鲍　贝：你感觉古琴和下棋有什么不同？

梅　娜：如果说下棋是因为天赋，那么学琴的过程充分证
　　　　明了努力练习的重要性。学琴不到三个月的时
　　　　间，要和中央音乐学院博士生导师赵家珍教授同

对话　梅娜

台合奏《梅花三弄》。这是一首八级的曲子，我每天早上五点五十分起床，练琴到晚上十一点，中午也不休息。练到十个手指全部脱皮，痛到不能碰琴弦，裹着创可贴也在边想边比画。我用了一年多的时间考过了十级，用了两年的时间，加入了中国琴会。其间还担任过一些古琴比赛的评委，参加了"七一三"古琴非遗日申请等活动。目前是安徽省古琴学会理事和梅庵派古琴协会理事等。由于热爱，我宁愿去吃这份苦。在学《潇湘水云》的时候，由于对减字谱和五线谱的不熟悉，老师突然不给视频和录音，让自己识谱打节奏，他只说技巧处理和音乐感觉。这完全相当于自学十级的曲子，对接触古琴时间很短的我来说，难度太大了。每天就是打开节拍器，一直听一直跟节奏，吃饭睡觉，做任何事情，都在听节拍，满脑子也都是《潇湘水云》的旋律和节奏。除了练习基本功，还有乐理考试，强度很大，每天只睡两三个小时。但一切辛苦也值得，克服了这三个月后，我的自学能力大大提高。后来再学《广陵散》，就没那么难了。没机会摸琴的时候，我就可以在脑子里模拟训练。这就和我们下盲棋是一个道理。学琴和下棋，有太多的共同之处。只是刚入门的时候，对我来说非常难，要经过一段时间的大量练习。我把下棋的逻辑思考、记忆训练等用在琴上，事半功倍。在学习《广陵散》的三四个月时间里，我并没有放弃我多元化的爱好，去了北京故宫博物院看千古风流人物苏轼大展，音乐诗人鲍勃迪伦的画展。去宋庄给自己手工做了一个紫铜的茶则，学习香道课程，又飞去敦煌看壁画，去西北旅游，去扬州逛园子。不出远门的时候就去图书馆看书，听讲座。需要练琴的时候先脑子过一遍，下手的时候尽量是有效的正确的练习，保持清醒的认知，不麻木练琴。我会去查资料，来找琴曲中需要的感觉。我对比了《史记·刺客列传》和《资治通鉴》，分别描述什么样的背景和情感。到了考级的时候，居然还考出了不错的成绩。这又一次证明，下棋给我带来的思考行为习惯，是可以应用到任何事情上去的。

在这七年里，我做过很多选择，但后来都是听从自己内心的声音。没有所谓意义上的利弊，划算与不划算、值得与不值得。因为计较得失的过程，让我疲惫不堪。直到我懂得去抛开这些计较，而只是用心去做自己喜欢的、能让自己开心的事，我便获得了自由。

对话 梅娜

鲍　贝：这种懂得和领悟多么珍贵，它们才是一个人真正的财富。

梅　娜：是的，就像我这次来杭州，当时也有其他的一些选择，但我更倾向于这里，是因为我喜欢这座城市的人文环境，还有一起共事的人，能充分给予我理解和支持。在相对自由放松的环境里，我可以踏踏实实地做一些自己想做的事情，去实现我的意义和价值。

鲍　贝：能感觉得出来，现在的你已经不那么浮躁和焦虑了，这跟你的内修分不开，对于现在的你来说，什么才是最重要的？

梅　娜：我花了很多年去潜心内修，慢慢抚平心绪，现在的我已经不再浮躁，也不再急功近利了。我已经完全不想被虚名捆绑。对现在的我来说，时间很重要，要给对的人和对的事。

鲍　贝：有意思的是，七年后的你，兜兜转转又绕回到了棋盘上，把象棋变成了你的事业。为什么在这次的人生规划中，你却能感受到象棋带给你的意义和价值？

梅　娜：确实很有意思，所以说"当局者迷"。只有在跳出棋盘之后，反而更能欣赏到棋局变化的美。人生在不断选择的过程当中，我们也要学会不断切换和珍惜。乘物以游心，现在的棋盘对我来说，就是个载体，我觉得最大的感悟就是自由，每个棋子的灵活就是自由。不局限，不定型，只有拥有了这种思维，才能出好棋，才能过好自己的人生。

鲍　贝：你现在还是单身，是否想过结婚，是否喜欢家庭生活和孩子？

梅　娜：我现在虽是单身，但我一直希望有一个合适的人出现。最好能心意相通，志同道合，互相欣赏与包容。我不会对他人有过多的要求和期望，我的安全感来自于我自己。内心坚强笃定，不再迷茫。所以无论遇见谁，我都做好了准备。一直以来，我都比较喜欢孩子，也很关注各个年龄段孩子的教育问题和心理问题。普及象棋，也会接触到从幼儿园到初中，不同年龄阶段的孩子，这对我来说不仅是锻炼，过程也非常有趣。最近买了很多关于儿童心理学的书籍。我想要做的是，不仅教会孩子们下象棋，更要快乐地学习象棋。比起下棋，快乐的童年和身心健康的成长更重要。

鲍　贝：象棋，改变了你的人生，而你现在也在做着象棋文化的普及工作，对于目前这份工作你是否抱有乐观的心态，你认为它的意义何在？

梅　娜：这一路走来，我越来越觉得生活丰富而有趣，我想象棋会成为我的人生的主业，而我收获的，还有象棋以外的另一个广阔天地。其实在这个世界上，没有绝对的天才，遇见的每一个人，每一件事，都是我的幸运。特别感恩我的老师们，以及与我一路同行的朋友们，彼此欣赏和肯定，一起成长和进步。我的三个象棋老师都已经七十几岁了，他们仍然身体健康，精神饱满，这就是棋给人的精神力量。我现在每年有空都会去看望他们，师恩难忘，不管我以后做什么，我都不会忘记他们对我点点滴滴的关爱。在他们心里，我一直是他们的骄傲，中间有段时间没有下棋，也让他们觉得惋惜。但我一直不敢懈怠自己，无论在做什么，我的心态都是积极向上的。我一直都想做一个对社会有用的人，以后会以普及象棋和公益去实现我的人生价值。也希望在这条路上，能有更多喜欢下棋的人，一起努力，把象棋更好地传承和普及开来。

鲍　贝：感谢梅娜百忙中抽出时间对话，也感谢你毫无保留的真诚的分享。我想所有人都会记住有一个叫梅娜的棋手，她为推动象棋事业的普及正在做出巨大贡献。

丁增南汪

印象 • 丁增南江

　　2014 年秋天，我去转冈仁波齐神山，夜宿止热普寺，那晚我产生高原反应了。那次的经历让我刻骨铭心。山上严重缺氧，差点连命都丢掉。尤其住在止热普寺那一夜，因为氧气过于稀薄，根本难以入睡。后来几次再去，也还是住在止热普寺。每次去，都要经受缺氧带来的考验：胸闷、头痛、心跳加速、血液流淌不畅等恶劣的感受。

　　都说在西藏行走，眼睛在天堂，身体在地狱。尤其在五千多米高的神山上，对于身体实在是一种痛苦的煎熬。但是再难熬，我住在神山的日子毕竟屈指可数。

　　那么，那些长年住在神山上修行的人，他们的生活又会是什么样的呢？

　　我带着疑问采访了丁增南江仁波切。在寺庙里修行多年、学问高深的人，在藏地被称为仁波切。丁增南江就是。他是止热普寺的主持，守着神山修行了二十多年，并把一座小而破旧的寺庙渐渐修建成颇有规模并带有招待所的寺庙，为转山的信徒和旅行者提供了很多帮助。

和丁增南江仁波切的几次会面，我一直都觉得他像个长者。我去他家吃饭；和他一起去转布达拉宫；一起在神山上绕着寺庙散步；一起坐在止热普寺的经堂听他和僧人们念经，把回响送给众生……我们之间语言不通，但并不妨碍我们交流。

相信真正修行的人身上，一定会带着某种能量，你看不见，但能感受到。丁增南江仁波切已修成一股正气，与他在一起，不用说很多话，一个微笑，一个点头，即可心领神会。

按丁增南江仁波切的话说，不是每个人都能够抵达神山的。而他却在神山上修行了二十多年。他的修行激起了我的好奇心。

——因此，便有了这场访谈。

感谢替我们翻译的朋友。

鲍贝
丁增南江

冈仁波齐神山上的修行僧

鲍　　贝：扎西德勒，今天很殊胜，终于在神山上见到仁
　　　　　波切。止热普寺的海拔五千二百多米，此刻我
　　　　　坐在这里，明显感觉缺氧，这种高度已经不适
　　　　　合人类居住，会直接影响到人的健康，而仁波
　　　　　切您却在这里修行了将近二十年，当时是什么
　　　　　原因让您抵达神山，并守在止热普寺这么多年？

丁增南江：这事应该从1993年开始说起，我从青海玉树
　　　　　囊谦县达那寺闭关出关，因为当时需要修缮千
　　　　　年古寺，我决定前往藏地很多的地方去传法化
　　　　　缘。1994年，我想到阿里转冈仁波齐神山。阿
　　　　　里有很多噶举派寺庙，我就欣然前往。记得我

们的车子到达尼木县的时候，当时的道路没有现在修得那么好，到处都是烂路，崎岖不平，我们在途中发生了车祸，当场死了八个人。处理亡者的后事，我们用了差不多将近半年时间。然后，继续前往阿里。阿里扎嘉寺的活佛是我们的亲戚，我在他那里住了一段时间，然后我们结伴一起去朝拜了神山圣湖。回到扎嘉寺又住了差不多一年。

在那一年中，我经常跟周边的牧民们普法传道，渐渐地，那边的村民对我也便熟悉了起来。后来，结嘎村的村民邀请我去止热普寺做住持，当时我没有直接答应，回去询问了阿琼活佛，然后，我又回到拉萨，前往楚布寺。我跟楚布寺的住持直贡德钦仁波切商量，他经过再三考虑之后，对我说："虽然止热普寺海拔很高，又比较偏远，但能驻扎在冈仁波切神山这么殊胜的圣地，可以为朝拜的信徒们提供服务是特别好的一件事。"直贡德钦仁波切表示，如果我愿意在止热普寺当住持，他会给予我一些帮助和支持。我才决定了要去止热普寺当住持。后来，我用四处弘法的信众们给予我的供养，在拉萨请了一千尊释迦牟尼佛像，回到达那寺。

达那寺的负责人听说我要去止热普寺，也给予了我肯定与支持。

1996 年，我重新回到阿里，来到止热普寺住持寺庙事务，并在止热普寺修行至今。

鲍　　贝：所有的缘起缘灭皆为因果。迄今为止，止热普寺应该是世界上海拔最高的寺庙，仁波切在这里修行，并通过自己的力量把一座小而破旧的寺庙，一点一点地修建成现在这种可以称得上是很有规模的寺庙，相信一定经历过很多常人不可想象的困难和故事，您能跟我们分享一下吗？

丁增南江：在我来寺院之前，寺庙原来的住持留下了一些债务。一开始寺庙什么都没有，条件特别艰苦，住宿都成了很大的问题。当时寺庙只有两位僧人，嘎玛师父年纪还很小。我们开始一点点维修寺院。木头都是从囊谦县那边拉到阿里的，阿里地区没有木料，囊谦县那边的木料相对其他地方要便宜一些。但运输的车子到不了寺庙，只能到达神山脚下的塔尔钦。那几年，从神山脚下到止热普寺是没有路的。小小的山道只允许牦牛和人通行。因此，建筑用的木料和石头都是用牦牛驮上来的，人就跟着牦牛一趟一趟地往返，确实很辛苦。

鲍　贝：那么辛苦扩建寺庙，除了修行之外，主要目的就是为了来转山的信徒有个落脚的地方？

丁增南江：是的。

鲍　贝：来转山的信徒多吗？

丁增南江：每年夏天，都会有一些过来转山的信徒，也有一些远道而来的旅行者和上山探险的人。山上常年积雪，没有东西吃，也没有地方住，我们需要给他们提供一些帮助。所以，修建寺庙除了修行之外，也是为了转山的信徒有个地方可以补给和休息。所以，我们尽最大努力地去修建寺庙与住房。

鲍　贝：冬天也会有人来转山吗？

丁增南江：冬天几乎没有，因为冬天大雪封山，根本来不了，就连进阿里的路都是被大雪给埋没的，根本没有路。外面的人很难进得来。

鲍　贝：你们也下不了山？

丁增南江：是的，到了冬天，我们基本都不下山。阿里的冬天非常漫长，整个冬天我们基本上都是在寺庙里闭关，山上的雪又特别大，去哪儿都特别麻烦，走不动路。

鲍　贝：会不会很冷？上次我来转山的时候还是秋天，

在这里过夜已经很冷很冷了。如果是冬天会冷
到什么程度，根本不可想象。

丁增南江：确实很冷，你来自温暖的南方，要是冬天到这
里住，那根本就不行，你会受不了。不过现在
寺庙的条件已经好多了。以前我们的窗子都是
用塑料布糊的，一下雪，气温就很低，塑料布
就被冻坏了，雪都进到了屋子里。刚来那几年，
山上又供不了电，暖气那些更是不可能有。但
是，不管自己经历多少苦难，想到能够帮助转
山的信徒，为他们提供一个可以安身休息的地

　　　　　　对话　丁增南江

方，来这里有口热水喝，就很开心。但寺庙的条件再好，都是比不过你们城里的。对于到达山上的人来说，虽然简陋，但有个安身休息的地方，至少可以遮风挡雨，已经不错了。

鲍　贝：帮助别人，这可能也是寺庙存在的意义。比起以前，我也感觉条件好了很多，现在至少有几个小时的供电设备，可以给手机充个电了，也可以吃到热气腾腾的泡面和鸡蛋等简单的食物。从一座小而破旧的寺庙到目前这般规模，还修建了那么多僧舍和客房，需要花费不少物力和财力，不知道这些物资和寺庙的收入主要的提供方是谁？

丁增南江：我当时也没有想过寺庙的规模会像现在这样，觉得有一个房子，几个僧人就可以了，从1996年开始，一直到2012年，开始一点点建设，因为想着到了夏天，要为转山的信徒提供补给和帮助。之前，寺庙从来就没想到过要收信徒们的钱，虽然寺庙各方面都很需要资金，但从没想过靠寺庙去赚钱。2012年，国家出来一个政策，可以对寺庙进行维修，在西藏阿里革吉县党委的大力支持下，寺庙按照藏族传统建筑的方式终于修缮完工。在我们藏族传统中，寺

庙的住持就相当于一个家庭中的父亲一样，考
虑到以后自己会不在人间，寺庙和僧人经济上
会有一些困难，所以在寺庙下面建起了招待所，
为转山的人们提供补给休息，适当收取一些费
用，而对经济有困难的信徒则免费提供住宿和
帮助。就这样，寺庙的基本开支，慢慢就有了
比较稳定的着落。

鲍　　贝：也就是说，寺庙的日常开支和维护，还是靠政
府支持和信徒供养两个方面？

丁增南江：对的。

鲍　　贝：说起日常开支和寺庙建设等，这些问题都很世
俗、也很琐碎，是否会对您的修行造成干扰？

丁增南江：人生在俗世中，这些本来也是生活的一部分。
就像我们修行人的肉身也会生病，也会去医院挂
号、配药、打针，接受医生的诊断治疗。这些都
很正常，都是我们必须要去经历和面对的事情。

鲍　　贝：您如何看待我们的肉身？

丁增南江：人的肉身是用来寄放灵魂和精神的容器，容器
用久了一定会损坏，直至消亡。而灵魂不灭。

鲍　　贝：止热普寺这个名字，有什么来历或者传说吗？

丁增南江："止热普寺"这几个字是从藏文音译过来的，
也有人翻译成芝热寺，或芝热普寺。而寺庙在

藏文里是"贡巴"的意思。止热贡巴的"止"
在藏语中是母牦牛的意思,"热"是牛角的意思,
意译成汉语即"母牦牛角寺"。

传说当年噶举派郭仓巴大师一路探索冈仁波齐
的转山路线,他来到现在的止热普寺西面的山
谷,突然出现一头野母牦牛。郭仓巴大师冥想
了一下,认出这是狮面空行母化身,在为自己
引路,便跟其一直往东方向走。走着走着,母
牦牛突然钻到一个洞穴中消失了。他发现洞穴
的大石头上,留下了牦牛角划出的痕迹。郭仓

巴大师知道这是神明的旨意，便将洞穴整理一番，然后住在里面修行。在他结束修行出关那天，洞内大石头上留下了他帽子的印记。后来的止热普寺就是以这个"母牦牛角洞"（藏语"芝热普"，"普"即山洞之意）为基础修建起来的，故名"止热普寺"。后来也有人为了简化，就把"普"字也略了，直接叫止热寺。

止热普寺在20世纪六七十年代遭到过毁坏，在1986年开始重建。1996年，我从青海玉树来到这里，开始一边修行，一边修建寺庙。

鲍　贝：止热普寺后面有个修行洞，据说很多高德大僧都有在这个洞里修行，您能跟我们说说有哪些高德大僧，并请谈谈他们的故事。

丁增南江：寺院上方和左右两边，自古以来就有一百多个僧人用来闭关的修行洞，都是石头堆起来的。很久以前噶举派高僧米拉日巴尊者和果仓巴大师，还有很多不同教派的修行者，都在这里闭关修行过。米拉日巴尊者是藏传佛教噶举派"实践佛法"的代表人物。他是一个彻底的舍世者。从维护佛教的立场出发，反对和抨击那些借佛教之名贪图富贵、欺世盗名的宗教上层人物。终身坚守佛教的清规戒律，遁迹山林，潜心苦修，在佛学上获得相当高的成就。

鲍　　贝：我到过很多藏地，几乎所有的藏族人都知道米
　　　　　拉日巴，每个地方都有关于米拉日巴的传说。

丁增南江：是的，在藏地的老百姓都有信仰，他们对历史
　　　　　上的高德大僧都非常崇敬。米拉日巴也是我们
　　　　　修行人的榜样。

鲍　　贝：据说米拉日巴在止热普寺后面的岩洞里苦修九
　　　　　年，只吃长在洞口的一种植物，藏族人叫它"萨
　　　　　布"。出关之后的米拉日巴，皮肤和身体上流
　　　　　淌的血液因为长年吃"萨布"而变成了绿色。

丁增南江：是的，关于米拉日巴的传说有很多，老百姓习
　　　　　惯用口口相传的传说故事来记住他们心目当
　　　　　中的神。

鲍　　贝：这两天我在散步的时候，看见寺庙旁边有好多
　　　　　这种野生的植物，开着紫色小花，很美，但它
　　　　　的叶子上有好多刺。我那天去摸了摸，手指上
　　　　　扎了好多密密麻麻的小刺，肉眼看不太见，清
　　　　　理都清理不掉。这种植物确实可以吃吗？

丁增南江：可以吃，但要在它还没开花的时候，叶子会鲜
　　　　　嫩一些，刺也少。藏族人喜欢炒着吃，或者加
　　　　　点料拌着生吃，也可以熬成汤喝。到了开花时
　　　　　节，就变老了，刺也会变硬。最好别去摸它，

它的刺会让皮肤发痒，会难受好几天。

鲍　　贝：这里的海拔已经五千二百多米了，居然还会长出这种植物来，真的很神奇。

丁增南江：这种植物就只会长在高原地区，其他地方没有。

鲍　　贝：仁波切在神山上修行几十年，也是佛教徒心中的高德大僧了，这几天我看到好多远道而来的信徒都来拜见您，您能为他们做什么呢？

丁增南江：为他们祈福，帮他们消除内心的恐惧和焦虑。

鲍　　贝：据说转神山一圈可消除一生的罪业，转上五百圈可立地成佛，这是真的吗？而您长年在神山上修行，一定也转过神山，您还记得您转过几圈神山吗？您在转山的时候，都在想些什么？

丁增南江：转神山一圈便可消除一生的罪业，这只是一个传说吧，我个人认为转多少圈山不是很重要的，重要的是转山时候的发心。我没有专门计数过自己转了多少圈山，以前转过很多次。转山的时候，我想的是愿一切众生离苦得乐，平平安安，身体健康，也祈愿世界和平，国泰民安。

鲍　　贝：您长年住在神山上，因严重缺氧而导致您得了一种病，不得不经常下山去医治，不知为何，在我心里升起一种悲凉。我觉得每一个修行人，都应该得到护法神的保护，不应该生病。您对人的生老病死怎么看待？

丁增南江：这是一个自然规律，每个人都要经历的。我们
修行人经常想的就是愿自己可以代受别人的痛
苦，虽然生病的时候身体也会有各种疼痛，但
想到可以代受众生的痛苦和疾病，心里会很开
心和欣慰。

鲍　贝：我平时不太爱运动，在小区散个步都会觉得累，
但在 2014 年秋天我花了两天时间转完神山，也
住在止热普寺，那年您正好不在山上。有人说
我一定受到了护法神的保护，我们每个人身上
都会有护法神吗？如何才能感知到它的存在？

丁增南江：很多人转完山，都会有一些改变。有的人来到
冈仁波齐神山，看到神山就情不自禁地哭了出
来；有的人以前不懂得因果，转完神山后，慢
慢就开始懂了；有的人从来都没有想过要去帮
助别人，转过山之后也慢慢开始会为别人着想
了；有的人在平时抽烟喝酒特别厉害，转完山
回去之后就自觉地戒掉了……我觉得当您想要
去改变自己的时候，当您的心愿意去向善的时
候，就可以感觉到护法神的存在了。也就是说，
当您在心里升起了善的念头，护法神就一直都
会在您的身边。

鲍　　贝：谢谢仁波切开示。我喜欢满世界乱跑，在旅
　　　　　途中总会遇到一些意想不到的危险，但是每
　　　　　次都会化险为夷。我一直都感觉我是个有护法
　　　　　神保护着的人。

丁增南江：护法神肯定在保护你，你看你都能顺利地把神
　　　　　山转下来。现在你坐在这儿，这么高的海拔，
　　　　　你也没一点事儿。你要知道许多人这辈子都到
　　　　　不了这里，到了这里的人大都要经受高原反应
　　　　　的折磨。

对话　丁增南江

鲍　　贝：我是在 2014 年转山那次才知道止热普寺的存在，感觉这是个能量场，为转山的信徒和游客提供了很多方便。在此，作为旅行者的我，也要感谢仁波切付出几十年的时间和精力去修缮这座寺庙，让我们在转山途中有个可以休息的地方。听说在这里修行一年的功德，相当于在山下修行十年，为什么会有这种说法？

丁增南江：冈仁波齐神山是世界公认的佛教圣地，也是释迦牟尼佛认定的。在这个神圣的地方，不同教派的高僧大德都在这里修行祈祷，所以会有一些不同于其他地方的特别的加持力和能量。

鲍　　贝：您的经堂里有三只大海螺，上次听您说，有两只是从印度过来的，另外那只由一位信徒在转山途中磕长头的时候，忽然便在身前看见了这只海螺，在五千多米高的神山上遇见海螺本身就很神奇，所以便送到寺庙当作圣物供奉。我在藏地其他的寺庙也见过海螺，甚至有喇嘛为我赐福的时候，就用海螺轻击我的头部。而海螺对我来说并不稀罕，因为我是海边长大的，在我的家乡多的是，而在您看来，海螺代表着什么呢？

丁增南江：海螺是藏传佛教僧侣从事佛事活动、讲经说法时吹奏的法器。按佛经的说法是，佛祖释迦牟尼讲经说法时声音洪亮如同大海螺的声音，响彻四方，所以用海螺的声音来代表法音。海螺用于佛教法器的历史约有两千多年。相传释迦牟尼佛在鹿野苑初次传法时，将白色海螺献给了佛祖，自此，海螺便成了吉祥圆满的象征，用于宣讲佛教教义，给人们带去和平安乐。

鲍　　贝：在这里还是要感谢仁波切，把女儿的书和我的几本小说以及藏地游记收藏在寺庙的图书馆里，这是我们莫大的荣幸。止热普寺图书馆海拔在五千三百米左右，是离天最近的图书馆，相信坐在这里读书的人，更能够接收到来自天际的神秘感应。

　　　　　《冈仁波齐·七天》这本书，虽然是虚构的小说，但里面也有关于止热普寺的写实部分，由于种种原因，写了一半搁浅了。希望哪天能够继续写完，到时候我会带上新书，再上神山来拜访仁波切。

丁增南江：非常感谢你对冈仁波齐神山和止热普寺历史文化的重视和宣传，可以让全国各地乃至全世界的人们和圣地结缘，这是特别好的事。止热普寺图书馆目前是世界海拔最高的，但规模还是很小，希望以后政府的政策可以更加开放，可以在阿里神山建一座规模较大、基础设施更为齐全的图书馆。让更多的人可以在这里学习和阅读更加全面多样性的书籍，更好地促进民族文化传播与弘扬。也祝福您身体健康，吉祥如意。

鲍　贝：也感谢仁波切今天的耐心解答，多保重身体，扎西德勒！

沈
秋

印象 • 沈秋

沈秋是我在这次对话中最年轻的一位。她去过很多国家学习和旅行。她在日内瓦联合国环境署工作期间，并没有获得和同龄人一样的虚荣心和满足感，而是历经祛魅，看到了世界的真实。无论是面对生活还是工作，沈秋始终保持着一份通透与清醒，这是在90后这一代人当中很难遇到的。

回到国内后，她决意加入生态和环境保护，成为"原乡生态保护与研究中心"的创始人。她和她的团队开始义无反顾地走进野地和山林，走进野生动植物生存的腹地，走进许多人无法涉足也不敢想象的世界，从而获得意义。

鲍贝
沈秋

原乡生态保护的创始人

鲍　贝：沈秋，你好，在认识你之前，我就一直在关注你和你
　　　　的团队所创办的"原乡生态"，从这个微信公众号中，
　　　　我知道了很多之前从未认识过的鸟类和它们的生存
　　　　环境。同时也知道了在我们身边，还有这么一群可
　　　　敬可爱又年轻的你们的存在。现在大部分的 90 后都
　　　　还处于迷茫、找不到方向、不知道如何安置自己的
　　　　状态中，而你和你的小伙伴们却已经在坚持做着一
　　　　件意义非凡的事情，仅从这份选择和勇气，也值得
　　　　我们致敬。作为"原乡生态保护与研究中心"的创
　　　　始人，你当时是怎么想的？为何会有这么个决定？

沈　秋：我和我的小伙伴们虽然个性不同，专业领域也不

同，他们或专注于鸟，或专注于兽，有的专注于昆虫、鱼类……但都特别热爱自然、珍惜自然中的每一个生灵。"原乡"的本意是原生态的家乡，可以说我们的初心是更好地保护家乡的山水，以及山水中的野生动植物，并把它们的美好展示给更多的人。

但其实，每个人对人与自然的关系的理解是不一样的，幸运的是，我和我的同事理念还是比较一

对话 沈秋

致的。举个例子，我们认为人与自然的矛盾是不可避免的，但发展永远是必然趋势。有些组织会比较偏激，但我们都是非常理性的。

面临宇宙之大、人生之无常，每个人都会时常感到自己的渺小。而沉浸在自然之中，感受自己与自然是一体的，可以有效地缓解这种焦虑感。对我来说，回到自然，就仿佛投入到母亲的怀抱，"我"的生命被延伸了，找到了自己的来处，也找到了自己最终的归处，这让人感到无比安心。

鲍　贝：所以，你选择了与大自然相处？

沈　秋：是的，其实从小就这样，我都不记得了。我有一次翻看高中的同学录，看到我的好朋友写我，说我会在午休时分独自走出来，躺在学校的鹅掌楸的树荫里，享受斑驳的阳光洒在脸上。到大学之后，就喜欢一个人去旅行、爬山、看水、摄影。那时我喜欢摄影，因为想把这些都记录下来。但后来我觉得体验本身比记录更为重要，有时耽于摄影，反而没有好好享受风景。所以后来也不再追求摄影，只要那个时刻，享受自然带给我的惊奇和感动，哪怕日后忘了这段风景，也没有关系。

鲍　贝：在认识你之前，我知道你年轻，但我不知道你这么年轻，而且还长得如此柔美，玲珑有致，是一个需要被人去呵护和宠爱的江南女子。但通过与你的对话，你身上所表现出来的却是超脱和独立于世的勇气，感觉你完全不需要被照顾，我甚至能感受到来自于你内心深处的一股蛮劲和倔强。你是一个小宇宙。

沈　秋：我们每个人都拥有自己的小宇宙。

鲍　贝：你现在所从事的与你选读的专业是否有关联，还是受你家庭影响？

沈　秋：和家庭没有关系。我在上大学的时候，选了环境科学专业，最大的原因是我厌倦了数、理、化，我喜欢自然，愿意去探究人与自然的关系。但是后来，我发现环境专业的数、理、化一个都不少。

鲍　贝：这就是我们的人生，很多时候总会事与愿违，不尽人意。但环境学和你喜欢的自然应该多少也有些关联。

沈　秋：是的，还是有一点点关系。

鲍　贝：我最早看到你们的一个视频，题目叫"是谁路过我的相机"。在没打开视频之前，我就被这个标题吸引，它直接有力，又充满无限可能性。就像你和你的团队正在从事的事业，也是充满着无限可能性。我打开看完内容，看到你们几位朴素又明媚的年轻人在做着野外调查这么一件美好又边缘化的事情，心里很感动。你说的那句话，我到此刻还记得，你说"每一个生命都是自由的，众生平等……"，我觉得你是个有信仰的人，这或许也是你当初选择这个事业的初心，不知道这么理解对不对？

沈　秋：如果说有信仰的话，可能是自然的力量吧。我小的时候有点"愤世嫉俗"，觉得人类把好好的地球弄成这样，写过不少矫揉造作的文字。年轻人不用为生计奔波，不用承担家庭的重任，不用承受衰老和病痛的时候，会有一种错觉，觉得世界本该如此，所以眼里只有自己真正喜欢的事物。多年后我才知道，背负生活的重担久了，也会有一种错觉，觉得世界本该如此，这或许就是为什么年轻人应该经历一些无忧无虑的时光，为了在这些时刻让他们回想起世界的温柔。

鲍　贝：世界很温柔，世界也很残酷。温柔与残酷，除了外部世界的赐予与影响之外，更多时候源于自己的内心。

沈　秋：说到世界的温柔，对于我来说，观鸟是其中之一。大三的时候，我上了一堂选修课，叫做《中国观鸟》。北京师范大学的赵欣如老师，是中国最早在公众中推广观鸟运动的人之一。观鸟不只是看鸟，实际上，观鸟是一项18世纪末起源于英国的正经运动，有它自己的规则和圈子，美国罗斯福总统也是一名资深鸟友。这些世界各地的鸟友们，时而奔波于名山大川，时而漫步于楼下花园，勤勤恳恳地记录着见到的每一种鸟，互相竞赛，和鸟儿一起追随着四季的变迁，为邂逅鸟类中的新朋友、老朋友而感到真心的快乐。我上了这门课之后，算是观鸟入了门，后来无论到哪里，都会携带一个望远镜，以便在闲暇时分出门观鸟。

鲍　贝：“中国观鸟”这堂选修课，估计是你喜欢上鸟类拍摄和研究生态的起源，就像在你的人生中埋下的伏笔。

沈　秋：算是吧，大学毕业后，我觉得以后学历必然通货膨胀，人人都念研究生，你不能不念啊。但是念什么呢？要不要换一个？当时我曾经想往景观设计方向转，但是申请景观设计的门槛比较高，需要有自己的作品集。现在我的工作中总是运用到景观设计。那时的我也特别想读生物多样性专业，但周围的声音会说，你连个虫子都怕，做什么生物多样性？现在我才知道，人都有怕的东西，有整天抓蝙蝠的人特别怕蟑螂，也有整天抓蛇的人特别怕老鼠，这都很正常。也有说生物多样性不好找工作，我就放弃了。但是，好玩的是，最后我自己创业，还是做了生物多样性调查这个工作。后来因为还是想继续原来的专业，对比环境领域的各个细分行业，环境工程中的水处理方向更好找工作，而且我的思维方式也比较偏工科，不喜欢理论，喜欢实践，最好是拿着电钻自己做木工的那种，我就申请了康奈尔大学环境工程的研究生。这个专业果然如我所想，特别的有意思。我们有一门"流域与水文"的课，其中有一项作业是选一座山，从山顶开始，追随一条溪流或者水道，顺着它一直到山脚下，记录沿途的各种人工水渠、涵洞及其他水利设施。你知道，在北美的秋天爬一座山是非常好的享受。我还选了一个叫Day Hiking 的课，每周六和同学们一起去徒步。最有意思的是一个叫 Agua Clara 的项目，这是西班牙语，意思是"Clear Water"。因为在中美洪都拉斯的许多农村，当地居民无法获得清洁的饮用水，康奈尔大学土木与环境学院这个项目，就是帮助当地人建立一些低成本的小水厂，非常节能，除了照明之外甚至都不用电。我们环境工程专业的学生来做这些小水厂的设计和完善，寒假时还可以去洪都拉斯考察这些水厂，有几周的

　　　　时间，与当地人同吃同住，体验他们的生活。

鲍　　贝：你真是人小胆大，在洪都拉斯这种国家，短暂旅
　　　　行和体验可以，要在那儿长时间工作太不可思议
　　　　了。你就不怕与印第安人相处？

沈　　秋：许多人对中美有一些刻板印象，觉得犯罪率高、
　　　　很危险。但是我们去的是阳光灿烂、绿野无垠、
　　　　民风淳朴的农村，当地人普遍热情好客，幽默健
　　　　谈，他们觉得生命是无常的，所以更应及时享乐。
　　　　晚饭后他们会邀请客人们一起，在村里的空地上
　　　　放起音乐开始跳舞，一跳就是几个小时，可以把

人累瘫。那里的美食也给我留下了深刻的印象，我现在还是喜欢墨西哥菜，喜欢脆玉米片和卷饼，虽然和洪都拉斯吃到的还是不太一样。

鲍　贝：你跑得也是够远的，你还去过哪些国家？

沈　秋：研究生毕业后我在纽约住了一个多月，想要找工作，但是最后找到的工作机会却是在日内瓦。不过也算是体验过纽约的生活，加入了纽约的端午龙舟队，在皇后区的湖里划船，还听了许多场的百老汇。

鲍　贝：你能跟我们分享一下在日内瓦工作的经历吗？

沈　秋：联合国环境署日内瓦办公室是一个很棒的地方，我的实习生同事们来自世界各地，是真正的世界各地。工作压力并不大，我们经常在晚上组织聚餐，组织各种活动，聊各自的文化背景、各国的生活、对事物的不同看法，这使我受益匪浅。这段经历让我真正地看到世界之大，人可以活成一万种模样。社会和文化的力量很强大，在世界的每个角落，都有这样一种背景色，这种背景色塑造了你，但你可以选择超越它。每个人的身上不可避免地都会打上时代的烙印，在时代的浪潮面前，个人是渺小的，身不由己的。但是你清楚地知道，什么是时代赋予你的幸运，什么是时代

赋予你的不幸，而在这些幸运与不幸之间，你永
远可以有自己的选择。

鲍　　贝：当时你在联合国环境署是实习生？

沈　　秋：是的，联合国环境署的正式职员很少，有大量的
工作需要依靠实习生来完成。

鲍　　贝：你主要负责哪些工作内容？

沈　　秋：我的工作更多的偏向政策倡导和宣传，我的上级、
我的同事，人都非常好，教会了我很多，我现在
依然非常感激他们。我走的时候，给所有的领导
和同事做了一个 PPT，讲我这半年做了什么，我
的上级还为我做了提拉米苏，非常好吃。然后，
我跟他们讲我的家乡是一个叫做杭州的城市，美
丽的平原水乡，以前水质不好，现在大家都在拼
命治水，而我将回到故乡，使它变得更好。很多
年以后，我依然记得这个承诺，因为当时承诺的
时候发自真心，不能做到这些我就格外难受。我
想我现在应该是做到了。当时我的上级也说，可
以考虑未来回去工作，但我个人觉得联合国的工
作还是太"虚"了，我还是喜欢像现在这样，亲
自用脚步丈量这片土地。

鲍　　贝：你感觉在欧洲生活和北美有什么区别？

沈　　秋：欧洲的感觉和北美是完全不一样的。欧洲更文雅、

宁静，但有的朋友也会称之为暮气沉沉。实习的这半年我借空闲的时间，去了许多国家旅行，这也是人生的一笔宝贵的财富。

鲍　贝：所以，你还是回到国内来生活和找工作？

沈　秋：回国后我想，终于可以开始自己挣钱了。联合国的经历其实有些鸡肋，因为听着高大上，而并没有实际用处。不像是画了半年图纸、干了半年工程那样，可以直接上手干活。我有心找一些环境保护类的NGO，比较自由一些，也都是热衷环保的年轻人，但是因为国内对NGO普遍不理解，长期发展太受限。环境保护类的工作要么进体制内，就是管理者，要么就是企业。企业的话，我也找了几家，有做产品的、有做项目的，但我的履历并不符合他们的要求，而且我当时心气也比较高，觉得都不合适。

鲍　贝：你心气高，是因为你见的世面多，肚子里有货。

沈　秋：我当时想了很多，什么是环保？我觉得谁做的才是真正的保护环境？我想通过什么途径去做？再综合考虑发展前景、薪资水平，想来想去竟是没有一个地方可去，感到有些灰心。家人劝我说，你想做的这种环保，都是需要花钱的，与其到处找金主，为收入来源发愁，不如先好好挣钱，然后再做自己想做的事。

我想了想觉得也有道理，就转了金融。之前我在大学里也辅修过，有一定基础。就做了一段时间基金，又转到一家香港投行。投行的经历使我迅速成熟起来，从一个不切实际、眼高手低的文艺青年转变为一个职场人，学会如何妥当地待人接物，如何高效地安排工作，如何处理与同事之间的关系，如何与客户沟通、与多方合作。我很幸运，我的领导、同事都非常友善，教会了我很多东西，许多是我以前从来没有想到过的。没有这段经历，我只是一个不食人间烟火的失败的理想主义者，而两年后，我可以说自己稍微知道一点如何做事了，不多，也只是一点。

鲍　贝：相信你所说的"一点"，可能就是改变或者打开你整个人生格局的东西，比如你的智慧，或者灵感。好多人活一辈子，就是缺那么一点，注定平庸至死，连自己活着的意义都未知。

沈　秋：人做一件感受不到意义的事情，确实是做不久的。午夜梦回，我时常想到那个在日内瓦大言不惭地说要去保护家乡生态环境的我。我想象自己一直在投行干下去，觉得这不是我想要的未来的样子。2020 年元旦，我去了江西鄱阳湖，观了三天鸟，看那些越冬的鹤、雁和野鸭成群地栖息在遥远的湖面上，感到久违的快乐和充实。回去后我纠结了很久，但还是在 3 月份选择离职，回到了杭州。

鲍　贝：我也到过鄱阳湖，去看那里成群的大雁与候鸟。相信鄱阳湖的鸟儿带给了你灵感，赋予了你辞职并重新创业的勇气和能量。这也就是你刚提到的比以前的自己多出来的那"一点"。

沈　秋：辞职后，我开始想我接下来做什么。我想起当年野外实习的时候，跟着生态学老师在森林里走，觉得如果是拥有这样的一份工作，我可以永远做

下去。这个念头很强烈。后来，我和新认识的几个朋友，他们和我一样，也热爱大自然。长期在自然中工作，不仅能识别各种各样的动植物，而且每一种都能说出故事来。他们对工作、对生活的态度，都非常的豁达，普遍没有什么物质追求，只要能做自己喜欢的事情，名、利都看得很淡。我们就在一起创业。

当时有一个基于生态保护的湿地规划项目，我们挂在其他机构的名下，一起做了这个项目，建立了友谊。后来就一起注册成立了一家民办非企业单位，因为我对组织管理、投资者关系这方面熟悉一些，大家都信任我，所以我就当了这个老板。注册成立后，我和许多政府和企业聊需求，发现需求最多的，一个是生物多样性本底资源调查，包括哺乳动物、鸟类、两栖类、爬行类、鱼类、水生生物、昆虫等，现在能提供这些服务的专业团队非常少。我们做这件事以后才发现，在很多地区，这件事情压根儿就没有人做过。比如，杭州周边的这座山上有哪些动植物？这个是没有可靠数据的，有的话也是十几年前的，或者不完整的。所以我们发现国家二级保护动物貉、中国瘰螈、豹猫等，都能上新闻，因为以前没有人关注。

对话　沈秋

这也得益于现在这个好的时间点，因为今年联合国生物多样性大会在昆明召开，我们也去参加了，习近平总书记也提到了保护生物多样性的重要性。所以我们的工作成果得到了更多人的关注和更广泛的传播，我们觉得很幸运。

那么调查完了之后还能做什么呢？我们会给出一些建议，比如如何在建设的同时尽量少破坏生态，如何在适当利用的前提下更好地保护生态。比如我们为王坚院士的梦溪论坛选址地块做完生物多样性调查之后，提出水库岸边的这片滩涂具有非常宝贵的生态价值，不应该淹掉，后来就没有淹掉。我们还为滩涂上繁殖的鸟类拍了一个小的纪录片。

再就是宣传与展示，比如我们为梦溪论坛撰写的《溪山有邻》，为北湖草荡撰写的《北湖鸟类》，为径山村撰写的《动植物图鉴》，以及做的一些生物多样性主题展厅、自然教育课程、文创周边等。事实证明，这些是自然场域的所有方或管理者非常需要的东西，因为传统的来说你做一个调查，出一个一般人看不懂的报告，这本报告往抽屉里一丢，就没有然后了。要让公民能够共享生态文明建设的成果，就是要把调查中看到的，自然的所有美的这一面展现出来。这刚好也与我们的初衷是一致的。

鲍　贝：“保护生态”这件事人人都喊着口号在做，但真正要去落地、去实行的却并非容易之事，因为它还是属于一份宏伟的事业，需要政府的力量才可以去驱动。而对于你们来说，能够坚持做下去，确实很佩服你们。

沈　秋：其实也没什么，既然已经选择去做了，而且是自己喜欢的有意义的事情，那就坚持做下去。

鲍　贝：谈谈你们在工作中遇到的一些经历吧，跋山涉水去考察生态和野生动植物的生存状态，一定很辛苦，也很有意思。

沈　秋：确实。有一天我和同事一起走在径山的山脊上，一边是森林，一边是大片的茶田，我突然感激命运的恩赐，如果不是选择这样一份职业，我不会有机会在这个暖融融的春日，行走在家乡山水之中，看到这样动人心魄的风景，感受家乡之美。我还会把这种美好讲出来，带给山村的每一个人，不仅仅是来旅游的人，还有生活在这里的村民。他们根据我们的调查成果，评选了村里的“三秀”和“三宝”，把它们印在各种旅游纪念品上售卖，他们每个人都会收到一本关于径山村动植物的书，带他们从另一个角度看一看这片熟悉的山水，感受生态之美。我想，我终于做了自己想做的事情，一份可以亲近自然、保护自然的工作，一份有意义的工作。

鲍　贝：你如何理解"生态环境""自然山水"与人的关系，以及你们所做的事业能够提供什么服务？

沈　秋：人们总说，保护生态，保护环境。可是什么是生态环境？山水，不仅仅是山和水，还有生活在这片山水中的所有野生动植物。它们是一个有机的整体，是不可分割的。保护不仅仅是把这片地方圈起来，或者不去猎杀野生物这么简单。你想要尊重自然、爱惜自然、保护自然，第一步是了解它。就像你交了一个女朋友，说要好好爱她，却给她买了她不爱吃的冰淇淋，这就是你不了解她。我们做的事情，是带你了解这片山水里有什么，然后再谈如何去保护。这是最切实的需求。而要了解，就是要用自己的脚步，去丈量这片山水，用自己的双手，去摸索和感受。我们会带着望远镜，到各种不同鸟类喜欢的生境中去寻找它们，会带着手电筒，在夏季的夜晚、潮湿的湿地边去寻觅蛇和蛙，会抛网、下地笼捕鱼，会装红外相机拍摄兽类，会放老鼠笼子抓老鼠，设蝙蝠网抓蝙蝠。一年多以来，我们也积累了一些数据，之后会写一些论文，发表我们的研究成果。我们也会做一些公益项目，带感兴趣的城市公民认识身边的动植物，非常受欢迎。但我们现在人手不足，做得还太少。

鲍　贝：目前你们一共几个人，你能介绍一下你的团队成员吗？相信他们也和你一样具备着同样的勇敢、智慧和对动物的爱护以及为社会做贡献的担当。

沈　秋：我们现在的团队成员，全职的有我、陈奕宁、王翠和傅朝汛，兼职的还有十几个人，基本上囊括

对话　沈秋

了动植物各个门类。他们年龄普遍为 80 后和 90 后，非常年轻，但都是常年跑在野外调查一线的真正的专家。他们性格各异，但对自己的专业领域都有异乎寻常的执着，一个个的都热爱出野外多于坐办公室，所以我们办公室的工位也非常灵活，只设了四个固定工位，然后就是一张十四人的大桌子，随便坐；一张榻榻米，随便躺。

"原乡"在杭州出名后，许多杭州的同行都常来我们办公室拜访，大家聊聊天，交流各自专业领域的最新消息，我觉得这样很好。

很多人对"原乡"的未来有很高的期待。但我对做大做强这一点，并没有特别的执念。我当初之所以设立一个民办非企业单位，而不是设立一个公司，就是这样的一个理念：如果能赚钱，就赚钱大家分；如果不能赚钱，我就当做公益，养活自己就行。我希望我能够给这些热爱自然的年轻人有一个发挥专长的平台，给他们一些项目做，我们现在接到的项目确实也越来越多了。

鲍　贝：项目多了，也就意味着进入森林和去野外的时间也增多了，你现在最担心的是什么？

沈　秋：我们现在最担心的就是安全问题。我们会给员工或其他参与项目的人购买保险。但是野外，什么状况都可能会发生。华东地区人口稠密，其实已经算安全的，但有的深山老林，我们总是说，宁可少调查一点，以人员安全为先，比如那些夜间在陡峭的山溪里沿着石头爬过去找溪流生物的，摔一跤就废了，而且又是深山，带出来都不容易。有一次我和陈奕宁走在路上，我走在前面，听到一声尖叫，我回头一看，陈老师只有一个头在地上，原来在他的脚底有个坑，被植物覆盖住，看不出来，直接就掉进坑里去了，不过好在没受伤。我也踩到过捕兽夹，鞋子结实，夹子也不大，没有受伤。还有来自野生动物的攻击和伤害，也都会有，但是我们会比较熟悉野生动物的习性，所以这一点相对可控。

鲍　贝：你们所从事的生态调查，毫无疑问是件好事，是呼吁更多的人参与到保护动物与生态中来。但是，凡事都有两面性，当你们在深山老林调查的时候，一定会发现特别稀有的动植物，而这些动植物之所以还存在于世，是因为无人知晓它们的存在，一旦被人知道，它们也有可能受不到保护，反而还会受到生命危险，你如何看待这种现象？

沈　秋：这确实是件很矛盾的事情，因此，有时候我们发现了一些稀有的动植物，并不会将它们公开。因

对话　沈秋

为有过太多这样的案例，公开之后，可能这丛珍稀的植物就被人采走了，可能这种珍稀的动物就被人杀害了。我们曾经发现过一种植物，公开后过几天再去看，已经被连根铲走了，不知是谁干的。我们也经常在红外相机里看到，被捕兽夹夹断腿的鸟类和兽类。现在我们一般都会尊重发现者的意愿，如果觉得有风险，我们就不公开。许多地区，虽说是将保护生态作为口号，人人都说应该如此，但其实并没有准备好为迎接珍稀动植物所创造一个好的生存环境。这还需要我们更深入基层的科普教育和一段漫长的时间。

鲍　贝：感谢沈秋，下次若有机会跟你去山林里一起拜访一下可爱的动植物们。

林牧

印象 • 林牧

　　林牧看上去太像一个坏人。一个太像坏人的人，一般都不太会是个坏人。因为真正的坏人是不会让你看出来的。一个坏人要是把"坏"字刻在头上，也就干不成坏事了。但林牧就是因为他的长相和他与生俱来的匪气，被很多人误认为是坏人。他说在机场过安检的时候，也会对他查得格外严格，原因就是他长得太像个坏人。

　　在他的前半生里似乎运气不太好。他曾好心救过人，却被两次诬告进监狱。虽然出来后当事人为他鸣冤，为他澄清了事实，但已事过境迁，该吃的苦已经吃了，该受的委屈也已经受了。遇到这种冤枉事，很容易让一个好人真的变成一个坏人，甚至变成一个报复社会的恶人。

　　但林牧没有。

　　在他历尽千难万劫之后，一支手碟救了他。手碟空灵魔幻的声音带他进入另一个世界，在那个灵性美妙的新世界里，他遇见了另一个真实自由的自己。

从此，他迷恋上手碟，并开始制作手碟和传播手碟。他无论走到哪儿，都会背着他的手碟。只要有人想听，他立即就地表演，一点也不推脱。就像一位布道者。

都说大难不死必有后福。林牧用毕生积攒的福气，不仅让他遇见了手碟，还让他遇见了一位美丽动人的女子，她叫何跃。

在别人眼里的坏，在何跃眼里却是令人着迷的酷。就像林牧迷恋手碟那样，何跃开始迷恋林牧。只有她懂得林牧的好，就像林牧懂得手碟的好，两人从此一拍即合，不离不弃。

鲍贝
林牧

一支手碟救了他

鲍　贝：和林牧老师的缘分也是源于鲍贝书屋，当心德老
　　　　师带你走进书屋的时候，你让我眼前一亮，当然
　　　　不是你长得帅，而是来自你身上的某种奇异的特
　　　　质和禀赋，你的穿着打扮也特别引人瞩目，就像
　　　　一位仗剑走天涯的游吟诗人。后来见面多了，感
　　　　觉你的穿衣风格几乎都是固定的。想知道你的这
　　　　种风格是由来已久，还是最近才改变的？

林　牧：可能是我们身上都具有这种说不清的特质存在，
　　　　就在照面的那一瞬间，彼此就给吸引了。我知道
　　　　自己长得不帅，但我想我可以活得帅气一点。我
　　　　的穿衣风格其实也是多变的，个人比较喜欢暗黑

系和自然风的。只是随着年龄增长，越来越不大适合暗黑系风格。在玩音乐之前，因为自己在经营公司的原因，穿衣就相对比较符合职业要求一些。现在是个自由人，就相对自由了，怎么舒服就怎么来。

鲍　贝：你给人的感觉就是挺酷的，尤其当你专注于手碟，完全投入音乐，特别酷。你喜欢自己现在的状态吗？

林　牧：挺喜欢的，手碟是我最好的伴侣，到哪我都随身带着它。

鲍　贝：你是什么时候开始玩手碟的？为什么选择手碟而不是其他乐器？

林　牧：我在2016年开始接触手碟，在接触手碟前我其实玩过很多乐器，但因为各种原因，遇到手碟前，我有十多年都没怎么碰乐器了。当我第一次听到手碟的声音时，整个人就被手碟的声音给迷醉了。至于为什么会选择手碟而不是其他乐器，从初显的层面来说，手碟的可玩性非常强，可以在很短的时间内掌握和演奏。对我这个从来没有学过专业音乐的人来说，玩起来完全没有压力，可以满足我一个素人也有音乐人的范儿。而背上手碟也确实让我有一种吟游诗人或者是行侠江湖的那种意气风发之势。但更深层次的，我想应该是跟我

的经历有关，这个说来就话长了。

鲍　贝：我很好奇你的经历，可以跟我们分享一下吗？

林　牧：我就简单地归纳一下我所从事过的行业：建筑业、
　　　　美容业、室外美术装潢、保险业、旧金属回收、
　　　　房地产、网络平台运营、药业投资等。一路走来，
　　　　各种艰辛和所谓的风光，也许只有历练过的人才
　　　　会明白其中滋味。

鲍　贝：天哪，我想问你还有什么没有干过的？

林　牧：确实，我从事的这些行业，短的时间三年，长的
　　　　有十四年，有平行，有交织，有时候我都不知道
　　　　自己到底是什么身份。

对话　林牧

鲍　贝：现在你的身份是手碟制作人，也可以说是音乐人或者艺人。感觉你对手碟有着迷恋般的狂热和激情。反正我每次见你，你总是背着支手碟，形影不离。

林　牧：手碟有一种音声魔力，有人说，手碟里面装着的是人类触手可及的宇宙。2016年我在北京出差，自从我拥有第一支手碟后，手碟就几乎与我形影不离。哪怕我在看电视的时候，即使没时间弹奏，我也会自然而然地抱着手碟，用"痴迷"两字形容也不为过。

鲍　贝：手碟最早起源何处？这也是我所好奇的。

林　牧：手碟最早的亮相是在2001年，瑞士伯尔尼的两位音乐人菲力·霍那（Felix Rohner）与萨宾娜·谢雷（Sabina Scharer）带着手碟（Hang）在法兰克福乐展会上第一次亮相，就引起了轰动，以致后来国内外不断有人也开始模仿制作和研发。这个酷似UFO的乐器音域空灵，其演奏全凭乐手即兴发挥，不论是旋律或律动，听起来都无拘无束没有任何限制。手碟可以跟各类乐器和声音搭配演奏，瞬间可以提升音乐的感染力。从一个人冥想、即兴、独奏，到两至三人的合奏、音乐会演出。手碟越来越多地出现在我们的视野中。我很欣赏和认可手碟的发明人菲力·霍那（Felix Rohner）和萨宾娜·谢雷（Sabina Scharer）说的话，手碟不仅仅是一件乐器，它也是一件艺术品，可以与灵魂沟通，与世界对话，更是一种探索的工具。

鲍　贝：你认为手碟是可以帮助你去探索的工具？

林　牧：对，当我遇到手碟之后，突然就开启了我与另一个世界的通道，让我明白前面几十年的生命积累，有了可以沉淀的去处。所以，在2018年3月，我毅然转身，离开企业的管理岗位，也转让了企业股份，专心做起了手碟推广人的角色。在这些年制作推广手碟的过程当中，让我不断有了超越自身的认知和能力，从纯粹的玩，到现在透过手碟和自然声音艺术，去感知和帮助身体和心理健康的连接。

鲍　贝：现在的人都有普遍的焦虑症，通过音乐确实能够达到缓解和治愈的效果。

林　牧：是的，特别新冠疫情爆发以来，人们的健康理念和对自身环境的理解都有了非常大的变化，我现在通过自己的手碟和自然音乐艺术分享，提起人对宇宙万物音流的关注，人体内奔腾的声音，环境中自然而然发出的声音，乐本是宇宙一切音，世界本从音的洪流中诞生，如果人们能将一切回到对声对音的自然感知，我们和整个世界的生态也就归于顺位。这个话题一延伸，我想有太多内

　　容可以讲，但我更注重一点是：既在人间道，我
希望是讲人们能听得懂的话就好，而所学到的所
知道的能为当下服务，过往只用来缅怀，未来可
以用来憧憬，我愿意真实面对每个当下。

鲍　贝：会玩乐器的人很多，但会玩乐器还自己亲手制作
的并不多，手碟在很多人眼里还是个很神秘的乐
器，你是怎么学会制作手碟的？

林　牧：最初也只是想着自己玩玩就好，但在与手碟圈接
触的过程中，发现手碟音色好的，量少且价格昂
贵，便宜的呢音色又不行，而自己曾经接触过一
些与之相关的资源，于是，就尝试着有没有可能
自己来制作完成。想到了就立马行动，也许是老

天的眷顾，在寻找的过程中都让我遇到了对的人，事情发展的比较顺利，在 2018 年我注册了自己的手碟品牌"Windtalkers（风语者）"。

鲍　贝：你能跟我们分享一下手碟的制作方式吗？它的成功率有多少？每支手碟的音色是否都有微妙的变化？

林　牧：手碟制作主要分这几个步骤：塑型—氮化／淬火—调音—校音（中间会有反复氮化、淬火和调音）。核心部分是调音的技术，从塑型时的定音粗调开始，到最后的精细校音完成，一把手工调音锤的使用，贯穿于手碟制作中的每一个环节。手碟从纯手工制作到现在的完全机械制作，我还是倾向于半机械半手工的制作方式。这样既减少报废率，保证人力的节省，也让手碟的音色和品相不至于千篇一律，手碟之于人的温度保持了独具一格的灵动和空间感。每一支手碟也就像我们人一样，都有着正常的长相，但人的气质和声线却各具特点。

鲍　贝：玩音乐对于你来说是否等同于一种修行？

林　牧：我认为是一种修行，我也相信所有的修行一定是要悟后起修。以前玩户外活动时，在大自然中就有一种感受，美丽的有能量的音乐，不一定是在录音棚里就能够完成，只要置身于大自然，静坐下来就能听到超出话语之外的声音和动静，听到来自上天、地下的声音，听到来自灵界的声音，听到来自山川大海的声音。所谓风声水声草木生长声，雷声雨声天地万籁声，无不化为音乐。倾听这个世界，机器轰鸣声，车流人潮声，鸟语莺飞声，树木沙沙声，溪流潺潺声等各种声音交织融汇。这一切不正是天上人间最自然美妙的乐章么？当然，关键在于自身的发现和感悟。

鲍　贝：确实，所有的音乐都和大自然密不可分。你认为音乐能够改变一个人的命运吗？

林　牧：我相信能，因为我就是受益者。

鲍　贝：主要指哪方面受益？

林　牧：音乐具有无可替代的性质，它具有开拓性和创新性，音乐本身对人有着特别强的陶冶、激励、鼓舞、释放情绪、催眠等作用，从另一层面意义上来说，这也是人身的一种自我保护。就像我年少离家出走的那段日子里，一把口琴伴着我，无形中就让我在正道上没怎么跑偏，也是一首姜育恒演唱的那首《归航》，触动我归乡之路。长大后在各种乐器的练习中，音乐对于我性格的形成起到了潜移默化的作用，以致后来遭遇各种挫折磨难时，因为有音乐的陪伴，有了可以与自己说话的乐器，使我许多不良情绪得到缓释。最大的能够看得见的受益就是，我遇到了喜爱的手碟后，居然可以靠着手碟开始了我后半生相对自由的生活，让我在自然音声艺术实践中不断收获对自己、对社会、对生命的感悟。从世俗的角度来说，以前是生活在左右着我，现在是我在选择我喜欢的生活，和我喜欢的自己共处。

鲍　贝：在玩音乐之前，你在玩什么？

林　牧：其实还不能在真正意义上说我在玩音乐，我更愿意这样表述，我是在自然音声艺术中践行，因为，"玩"这个字很值得玩味。我只是个践行者，用自己理解的方式做一些分享传递，也保留一份对万事万物的敬畏心。在这之前，我也经历了很多，觉得每一个节点都可以单独拎出来分享。我感谢我自己始终有保持乐观的心态。在做音乐之前，只是偶尔自娱自乐玩玩吉他等一些乐器，主要都是忙于公司的工作，忙于生活的奔走。

鲍　贝：听说很久以前你救过人却被冤枉成坏人，而进去过？

林　牧：遭遇过两次无妄的牢狱之灾，有些事发生也就发生了。我感恩在我成长的过程中家人的不离不弃，老爸送我的那句话始终影响着我的生命：有则改之，无则加勉，不用活在别人的眼中，也不用活在别人的嘴巴里。

对话　林牧

鲍　贝：你确实是个特立独行的人。那时你从牢狱中出来之后，又是如何找到与人、与这个世界和解的方式的？

林　牧：与自己和解了，与别人、与世界自然也就没有心结了。我好像也没有刻意去寻找什么和解，一路走来，更多的是被岁月裹挟着奔跑或者停歇。我现在庆幸的不是做着自己喜欢的事还能小成，而是庆幸当下的我可以选择不要去做什么。

鲍　贝：让你大彻大悟的是哪件事情，或者是哪一段人生经历？

林　牧：2007 年有这么几个关键词："破产、负债、情感失败、疾病手术"，叠加在我身上，我带着口袋里仅有的四千多元钱，选择了单人单车自驾川藏线之行。因为全国我还没有去过的地方就是台湾和西藏，而西藏是我最向往的去处。于是，当时给自己买了许多的意外保险，想着能活着回来就想办法重新开始生活，如果在旅行途中意外挂了，保险赔偿金部分用来还债，还有一部分留给家人，算是一个交代。

鲍　贝：你这一趟旅行经历了多久？

林　牧：这一趟旅行历经一个多月的时间，西藏这片神奇的土地上总给我一种莫名的神秘的感觉，到现在为止，我都找不出一个恰当的词语来表述这种感

觉。从出发时的体重一百零三斤，我的体重恢复
　　到了原来的近一百三十斤，我想足以说明了我当
　　时回归的状态。通过这趟西藏之旅，我突然把一
　　切放下了，它让我获得重生。

鲍　贝：一个人自驾走川藏线，你也是够猛的，可见你的
　　内心还是非常强大。破产、负债、情感失败、疾
　　病……每一件经历，单独拎出来都能压垮一个人，
　　何况这几起事件一起降临。所幸你已经挺过来了。
　　看来旅行还是有着神奇的效果，非常能够治愈人。

林　牧：旅行的意义，不是在我走过了多少路，经过了多
　　少事，看过了多少风景，而是透过每一次的旅行，

对话　林牧

让我有了更好地回归，回归自己，回归家庭，回归工作，回归生活，回归生命。

鲍　贝：为什么把工作室命名为"风语者"？它有什么别样的含义和故事吗？

林　牧：受描述二战的电影《风语战士》的启发，"风语者"的意思，就是传递密码的人。手碟的外形就像是一个来自外星人的飞碟，而且手碟空灵的声音就像是来自宇宙的声音。那么，通过手碟来传递人与人、人与社会、人与自然各种关系的正向讯息，它也就具有了手碟的现实意义。于是就取名为"风语者"，希望自己在传播正念正音的路上，可以成为你生命中的一个摆渡人，或者说是接引者。

鲍　贝：跟你学手碟的学生遍布世界各地，好像绝大多数都是女性，你认为女性居多的主要因素是什么？

林　牧：确实，跟我学习手碟的女性占了大部分，我也不知道是什么原因，还真没有探究过，但手碟圈玩得多的还是男性居多。如果非得说是什么原因，我想主要原因是我的手碟教学不仅仅是演奏技术，我更多地倾向于在教学中传递的是一种积极正向、自我审视的生活态度。我对当下的自己是这样一个态度，就是"一半生活、一半修行"，而手碟恰恰可以提供我们自由想象、自由发挥的这么一个声音，与自己对话，与外界对话。

鲍　　贝：你现在的太太貌美如花，性格豪迈，更难得的是她精通人情世故，却依然能够保持简单通透率真的个性，是我喜欢的类型。她曾经也是你的学生吗？

林　　牧：很开心收到您的这份赞美，我想她听到也会很开心。我觉得手碟声音确实会滋养人的心性，她没跟我系统地学过如何去演奏手碟，但在耳濡目染之下，也会演奏一二，最关键的是通过手碟，居然治愈了她多年的中度失眠症。她是重庆的辣妹子，和我一样都属于爆脾气，但自从我开始玩手碟和自然音乐后，感觉我们的性格也是越来越温和温润了。我比较喜欢现在的性情状态。

鲍　　贝：被你这么一说，我更想学习手碟了，上次从你那儿请来的那只蓝紫色手碟，因为太忙，一直就没有时间去触碰它，但每天摆在书屋，看着就赏心悦目，像一件美好的艺术品。

林　　牧：你要抽出时间来学，其实很容易的，手碟不同于别的乐器，它更多的是靠自身的感知，而非乐理。

鲍　　贝：我不得不承认在音乐方面，我是超级笨的。但我还是想学一下手碟，感觉手碟空灵的声音可以迅速和宇宙、天地联通。

林　　牧：是的，手碟的声音也接近天籁，仿佛梵音。

鲍　　贝：你应该没有皈依佛门，可是当你敲打手碟的时候，你传递给我的就是一种空灵虚幻的梵乐，仿佛来自佛的世界，感觉你与佛离得很近。当你投入并沉浸其中的时候，是否也有一种皈依的感觉？

林　　牧：哈，汇报一下，其实我有佛门皈依证的。

鲍　　贝：看来我的感觉还是对的。

林　　牧：你是个作家，相信你一定也有通灵的天赋。音乐也一样。艺术都是相通的。

鲍　　贝：手碟所传递的信息，还是有别于其他的乐器，这也是让人着迷的地方。

林　　牧：确实，手碟不同于其他乐器，手碟属于自鸣体乐器，强调音域之间的呼应和共鸣，这在众多乐器中是个非常特别的存在，它可以通过"联觉"的方式，构建出我们脑海中的视觉空间和事物。我很享受每一次触碰手碟的感觉，我也欣赏自己很多时候略带瑕疵、与众不同又不可复制的演奏。每一个当下的声音给了我正念，并激发我对宇宙世界的感知、探索与分享。我相信我们都有一个护法在佑持着。

鲍　　贝：现在你的手碟就是你的护法神。你已经严重影响了我，我也争取去找一个属于我自己的护法神。

林　　牧：哈哈，相信你一定可以。

鲍　　贝：谢谢林牧老师。

孙志伟

印象 • 孙志伟

　　第一次见孙志伟老师是在鲍贝书屋良渚店。他几乎是在踏进书屋的瞬间就开始喜欢上了书屋的环境，便自顾自地嗨了起来。他坐在书屋半月湖边的大露台上，抱着吉他自弹自唱，并带动他身边的人一起嗨。锦鲤在他身边游动，黑天鹅从远处划向他，仿佛也被他热情洋溢的歌声吸引。这是令人感动的一幕。

　　鲍贝书屋良渚店置身五千年的圣地，完全按世外桃源的版本打造，和孙志伟老师的乌托邦精神浑然天成。他完全可以靠颜值混饭吃，靠颜值混社会，但他内心的孤傲和目中无人让他和这个社会格格不入，只能被大众打入到另类的小圈子里去。

　　他创建了他的乌托邦乐队，玩他的音乐，玩他的赛车，宁可跟孩童玩，也不愿跟大人玩。

　　虽然孙志伟老师长得很帅，也很酷，但我并不是个颜值控，他内在的孤傲和遗世的感觉更能打动人。尤其当他抱起吉他唱歌，或者沉浸在敲打架子鼓的节奏里，完全抵达一种忘我境界，那是另一个灵魂出窍的他，与天地宇宙合而为一。

他和他的乌托邦音乐

鲍　　贝：又见酷酷的孙老师，每次见到你总是眼前一亮，
　　　　　你明明穿着一身黑色，但总觉得你走到哪里都是
　　　　　最耀眼的那一位，就像一道风景线。

孙志伟：鲍贝老师夸得我都不好意思了，不过赞美的话多
　　　　　多益善，我还是很喜欢听的，你可以继续夸。

鲍　　贝：你还想再听，我就不说了。咱们言归正传。作为
　　　　　乌托邦音乐创始人，你对你所创建的"乌托邦"
　　　　　音乐是怎么理解的？当初怎么会想到为你的音乐
　　　　　工作室起这个名字？

孙志伟：大家都知道"乌托邦"就是理想主义的代名词，
　　　　　我本人也是一个十足的"理想主义"，我只是想

尽我所能做一些最纯粹的事情，尽我所能地保持更多的"自我"，也希望能一直对得起"乌托邦"这三个字。

鲍　贝：但其实你也知道，所有的"乌托邦"只存在于想象的世界里，在现实生活中它约等同于"不可实现的梦想"。

孙志伟：哪怕明知道梦想不可实现，但有梦想总比没有梦想要快乐一些吧，好多人都是靠梦想活着的。

鲍　贝：说得也是。孙老师的乌托邦音乐工作室，同时也为孩子们创造了一个学习和展示的平台，你的好多学生都是孩子，你好像很喜欢和孩子们在一起？

孙志伟：对，我喜欢孩子们的纯真无邪，和他们在一起没有心理压力和精神负担，虽然我是个成人，但成人的世界很多阳奉阴违，那些把戏我都还没学会。

鲍　贝：第一次在鲍贝书屋见到孙老师的时候，感觉你身上有一种自带传奇的特质。你的传奇并非你经历了多么了不起的事业，而是在这个浮躁的急功近利的时代，你所表现出来的那种平静的状态。你是一个音乐人，音乐离不开大众，离不开名利，而你对于这些世俗中的名利似乎并不太用心。在这里我不想用"无感"这个词，因为，这个词会让人有一种负面的感觉，用一个比较接近某些心理学派上的词，应该是"不动摇"。"不动摇"
是一种沉静而且泰然自若的状态，是把世事看通
透之后的智者的境界。很想知道，在选择走上音乐
这条道路，你经历了什么，能跟我们分享一下吗？

孙志伟：我热爱音乐，热爱音乐教育，喜欢跟孩子们在一
起用爱和音乐这两种最独特也无法被替代的语言
交流，看到孩子们眼神中那种被尊重被理解后的
毫无保留的信赖，心灵会一次一次被洗涤，矫情
点说，每一次都是不同程度的"重生"，所以我
觉得自己已经很富有了。就像电影《阿甘正传》

155

里阿甘说的："妈妈说，人一生其实花不了多少钱。"大家知道电影中的阿甘是一个弱智，所以这句话从他口中说出，带着那种不自知的通透，其实真理往往都很简单。

关于如何走上音乐之路，其实80后但凡沾边西方摇滚乐的，相关历程也都大同小异。在那个年代，以吉他为代表的"西乐"得不到社会的普遍认可，总觉得是不务正业，对于一个学生来说就更是如此了，所以得不到家人的支持也属于正常。但正是这种"逆流而上"和一些其他因素，让我始终保持着当年第一次拿起吉他来的那种勇气，战斗至今。

鲍　贝：看你以前的照片，有几张和汪峰特别像，尤其是抱着吉他戴着墨镜那张，当然，你比汪峰还要帅。在某个特定的年龄段，你是否也曾想象过自己当一名像汪峰这样著名的歌手？你喜欢汪峰吗？

孙志伟：首先，说起汪峰老师来，我还是满心敬畏的，因为我人生第一次撞车时就在听他的新专辑《笑着哭》（开个玩笑）。我从知道鲍家街43号（哦，对了，还是你们鲍家的乐队呢）开始就喜欢他们所有的作品，《晚安北京》《小鸟》《真的需要》《妈妈》《爱的隧道》《爱是一颗幸福的子弹》等，其中最喜欢的还是《晚安北京》，那时候就觉得不可思议，这哥们儿怎么创作出这样的作品来的，当然，现在还是一样的想法。在某个特定的年龄，就是十五六岁吧，我曾想过怎样才能创作出如此出色的作品来，但并没有特别留意"著名歌手"之类的光环，也许那时候因为见识浅薄，根本就不知道出名了会怎样，但是音乐的出色和震撼是真真实实感受得到的。

鲍　贝：我们都知道当一名红歌手，除了靠自身才华和演唱功夫之外，还要靠其他很多因素，比如机会、颜值、人脉关系等。我们也知道，有些艺人虽然出了名，赚了人气也赚了钱，但他们的精神始终是跪着的。你对这种现象怎么看？

孙志伟："红"这个字真的就像枪一样，他从危难中救了多少货真价实的艺术家，也同样在一世浮华中击毙了多少装模作样的"流量明星"。我记得有一次去一个LiveHouse参加Jam，结果偶遇了一个刚结束演出的"明星"，演出结束后跟粉丝们合影，那感觉像极了动物园里的一些游客拍照场面，那时候已经跟所谓的艺术毫无关系了，事实上整件事情就跟艺术无关。所以说，大部分"围墙"中的人还是挺惨的，至少不是他们当初想象的那样。

鲍　贝：所以，你把这一切都看在眼里，而且了悟在心。

孙志伟：是的，也因此，我会静下心来做自己想做的事情，而不去刻意迎合别的一些什么，名利只是过眼云烟，玩得开不开心，只有自己的心知道。

鲍　贝：听说你到过日本，还演过戏，拍过一部电影，不知道那部电影叫什么名字？演戏是一个探索生命的过程，你的颜值和天分都相当高，不知道你最后为何中止了演戏这条路，而选择了去做音乐？

孙志伟：其实也只是一部微电影而已，是大易传媒出的一部励志类作品，叫《起航》还是《启航》来着，时间太久我也记不太清楚了，我只记得拍摄过程都太"演"了，再真也是"演"，演技天分再高也是"演"，演得再真实也不真实。我不喜欢过于假的东西。

鲍　贝：你认为当演员和玩音乐，两者之间对你来说有什么不一样？

孙志伟：玩音乐和当演员很不一样，音乐是表达，是倾诉，尤其是摇滚乐，精髓就是纯粹和真实。所以，不管有没有天分，我最终还是选择不去"演"，而是玩好音乐。

鲍　贝：你的朋友包括我在内，都知道你超爱喝酒，就连弹吉他唱歌的时候，身边也最好备一罐啤酒，你

　　对酒精的上瘾，是从什么时候开始的？酒除
　　了带给你短暂的释放和快乐之外，还能给你带来
　　什么？

孙志伟：这个嘛……好酒的原因各位好酒之人可能都相差
　　无几吧？有一半是酒瘾作怪，另一半则是微醺后
　　的那种放松和自如。酒后情绪会被放大好多倍，
　　难过的和开心都会，而我又没有难过的事情，所
　　以……哈哈，就是那样，总显得非常开心。另外，
　　酒后那种轻松自如会帮助我迅速达到用音乐倾诉
　　的最佳状态。还有就是借酒入眠的效果非常棒，
　　没有任何事物可以代替。

鲍　贝：什么酒都爱，还是独爱啤酒，为什么？

孙志伟：我就爱喝啤酒，感觉充满活力的年轻人都会选择
　　　　去喝啤酒，啤酒一打开，就可以跟着嗨起来。而
　　　　红酒适合搞情调的时候喝。白酒应该更适合年长
　　　　的人。

鲍　贝：除了玩音乐，你还喜欢玩摩托？

孙志伟：嗯，大家都知道机车和摇滚不分家的嘛！最初就
　　　　是觉得很酷，很快就被身边个别玩摩托车的朋友
　　　　带入坑了，紧接着就感受到了那种前所未有的自
　　　　由，真的就像许巍那首歌——《像风一样自由》，
　　　　机车在我生命中同样无法被代替。

鲍　贝：你愿意自己最理想的生活状态是什么模样的？

孙志伟：大概就是现在这样吧，在一个自己热爱的空间里
　　　　做着自己热爱的工作，有足够的时间玩、运动、
　　　　读书……总之就是有充足的自由吧，除此之外我
　　　　想要的真不多。

鲍　贝：那天你在鲍贝书屋演唱，有几个女生临时有事，
　　　　跟我告别了三次还没走，原因是你太帅了，又
　　　　一次次地跑回来多看你一眼，多拍几张你的照片。
　　　　最后我想替这些喜欢你的女人们问你一个问
　　　　题，你相信爱情吗？你心中喜欢的女人是什么模
　　　　样的？

孙志伟：说得我脸红。好吧，关于爱情，我可能太理想化了，我所相信的，或者说是我向往的也是那种不食人间烟火的那种纯粹的爱情，一掺杂到生活的一地鸡毛中去就很没劲了。所以，我喜欢的女人也是那种想得很通透，活得很洒脱，带着那种高情商的酷和深内涵的平静，当然，颜值是首选哦！

鲍　贝：好吧，我已知道此人是谁。愿那位既有颜值、又有高情商、深内涵的女人能够永远陪伴在你左右，不离不弃。

刘东风

印象 • 刘东风

　　刘东风老师长期旅居美国纽约，是一位爵士和拉丁钢琴家，也是一名出色的作曲和编曲家。与他相识，是因为《鲍贝书屋》这首歌曲。当时我为书屋写了一首歌词，由于我偏爱爵士，想请人编曲，可是国内却很难找到可以合作的人。后来女儿不知怎么就找到了刘东风老师，她凭着直觉说可以让刘老师去试试。

　　仿佛源于冥冥中的一种感应，我对素无谋面的刘东风老师选择了百分百毫无保留的信任。我们一个在纽约，一个在杭州，远隔重洋，只通过微信文字的几句沟通，便一拍即合。当他把成曲呈现给我的时候，仿佛获得一个意外的惊喜。无论从配乐、旋律和歌手的声音都是浑然天成，完全达到我的预期。他把中国音乐与拉丁爵士音乐完美地融合在一起。《鲍贝书屋》从而成为经典。

　　在此，向刘东风老师表示深深谢意。

鲍贝
刘东风

旅居纽约的爵士音乐家

鲍　贝：因为《鲍贝书屋》这首歌，与刘老师结识。当时
　　　　我为书屋写完歌词，想找个人谱曲，我喜欢爵士，
　　　　但在国内找了好久，都找不到可以合作的人。后
　　　　来通过毛毛雨找到了刘老师，也是机缘巧合。很
　　　　喜欢刘老师最后呈现给我的成曲，慵懒的、抒情
　　　　的、自由而随性，拿到曲子的时候满心欢喜，正
　　　　是我想要的调性。你请的爵士歌手可夫老师的声
　　　　音也特别好听，把这首歌演绎得淋漓尽致。总之，
　　　　从词到曲到歌，浑然天成。非常感谢刘老师，圆
　　　　了我一个为鲍贝书屋做一首歌的梦。

刘东风：很高兴鲍老师喜欢这首作品，这首《鲍贝书屋》

让相隔万里的我们虽远犹近。鲍老师对艺术的探
索与执着也深深地打动了我，现代的爵士乐与古
代的中国建筑这是穿越时空的对话，鲍贝书屋已
经不是仅仅满足现代人们对于读书和知识的渴
求，她更多的是引领了当代读者对于文化品位的
升华，向走入书屋的每一位读者展现了其独特的

对话 刘东风

审美与深厚的文化底蕴。

鲍　贝：通过这次合作，知道刘老师是一位非常棒的爵士
　　　　音乐家，在爵士音乐方面的造诣非常深。你从什
　　　　么时候开始做爵士乐？爵士在中国属于小众，哪
　　　　怕你再努力，也很难一夜成名或名利双收，你当
　　　　时为什么会选择爵士而非其他？

刘东风：对于爵士乐的喜爱可能要追溯到我读初中的时
　　　　候，因为当时中国能看到和听到的音乐资料非常
　　　　有限，我一般都要到一些小店去淘那些从国外进
　　　　口的打口碟，从那时起接触了很多国外盛行的流
　　　　行音乐还有爵士乐等多样的音乐风格。我对爵士

乐的理解是包容的、创新的，这种精神令我着迷。虽然我们中国的爵士乐起步相对欧美国家要晚一些，但经过这些年中国爵士音乐家的努力，爵士乐的市场已经越来越繁荣了。

鲍　贝：刘老师认为爵士乐会在中国繁荣起来吗？

刘东风：未来肯定是会越来越好的。

鲍　贝：刘老师是从哪一年离开中国,选择长期旅居纽约？是否跟你的音乐有关联，还是别的什么原因？

刘东风：2015 年我到纽约至今。因为纽约是一个集中全世界文化艺术的中心、爵士乐的胜地，更是爵士音乐家的朝圣之地，这里生活着太多的音乐艺术天才和优秀的艺术家，我渴望浸泡在这样的氛围中，所以我很享受在这里的生活。

鲍　贝：一个好的词作家在创作的时候，首先会考虑到歌词的韵律和音律，而我显然不是个合格的词作家，在写《鲍贝书屋》这首词的时候，完全由着自己的内心和情绪落笔。当时毛毛雨和几个朋友都说歌词太复杂，完全不适合谱曲和演唱。但我想反正是玩的，自己喜欢就行，我又不想把它做成流行歌曲去迎合大众喜爱，所以拒绝修改，一切随缘。我没想到刘老师在没有要求我改动任何一个字的情况下，非常完美地呈现出了最后的成曲。

我想刘老师一定是理解了中国古建筑和书屋的格调，以及词句里的意境，把中国旋律和拉丁爵士乐的节奏非常完美地融合在了一起，真是非常了不起。我喜欢爵士，但我不懂爵士。能否请刘老师谈一谈这次创作《鲍贝书屋》的整个过程，以及拉丁爵士音乐在中国的发展历程？

刘东风：这首词的格式很明显不是一首常规的歌词格式，但是它让我身临其境地感受到鲍贝书屋的文化历史渊源及当下的一种文化传播的使命，这一点我非常钦佩您对于辞藻的把控运用及对鲍贝书屋的完美诠释，不改变它是对词作者最大的尊重，虽然对于歌曲的创作是一个非常大的挑战。让它独一无二、与众不同是我在每一次创作中对自己的要求。我也有一些对中国古典音乐作品改编的乐曲，其实同样也遇到了以上的问题，所以除了爵士乐我也喜欢研究其他的音乐风格，比如西方古典音乐、中国古典音乐、中国民族音乐、流行音乐、拉丁音乐、现代音乐及和音乐相关的其他艺术形式，它们都是我在音乐创作中最好的积淀。其实音乐与文化应该是不能分开的，如果在做音乐的同时能对它的文化背景有更多的了解一定是必要的功课。拉丁音乐引入到中国也是近些年的事情，

　　　　　　我更喜欢它丰富而有层次的节奏律动，所以在纽
　　　　　约拉丁爵士音乐是很盛行的。

鲍　　贝：总之，让刘老师为难了，但成曲出来之后真的非
　　　　　常棒，也被刘老师的才情和敬业精神所折服。

刘东风：这次合作，我也挺愉快的，对我来说也算是一次
　　　　　挑战。其实所有最后呈现出来的作品，都是通过
　　　　　各方面合作配合的一个过程，在合作过程当中任
　　　　　何一个环节要是没有把握到位都会出问题。

鲍　　贝：格莱美奖与电影类的奥斯卡金像奖在美国乃至全
　　　　　球都是非常大的娱乐奖项，刘老师曾被荣邀格莱

美奖与拉丁格莱美奖双任评委，还成为美国著名格莱美唱片厂牌 ZOHO Music 的签约艺术家，还是首位荣登权威爵士杂志 *DownBeat* 的中国爵士音乐家，等等。刘老师的音乐才华在美国已受到非常高的肯定和好评，而在中国却少有人知道刘老师的价值。对此，刘老师本人怎么看？

刘东风：不管在哪里，我都希望自己可以做好音乐。无论是格莱美还是奥斯卡其实都是在某一领域里评选出一个极具代表性的新潮流。而纽约这座城市对新潮流有狂热的喜爱与极致的敏锐度。众多生活在纽约极具创新的艺术家们滋养着这片土壤，为这里培养了大批喜欢求新的观众。

鲍　贝：全球非常有权威的爵士杂志 Jazziz 这么评价刘老师："他的作品浓郁而热情，是一个非常有舞台感染力的爵士钢琴演奏家。"一般情况下，作品与人品与个性都有着密切关联，刘老师创作的作品浓郁而热情，你平时是否也是个浓郁而热情的人？你怎么看待人与作品之间的关系？

刘东风：可能我把太多的热情都给了我的作品，我个人认为生活和舞台还是要区分开的。简而言之，我在创作中喜欢喝酒，在生活中喜欢喝茶。

鲍　贝：下次回中国，一定请刘老师到我书屋来喝茶。

刘东风：必须要去,对于全国最美的鲍贝书屋早已心向往之。

鲍　贝：成为艺术家的初期都会有个模仿的阶段，绘画、写作、音乐都是如此，走到一定程度之后，才会打破模仿的格局，独树一帜。刘老师最初是受了哪位大师的影响？大概在什么时候开始，你找到了自己的创作风格？这个蜕变的过程很有意思。

刘东风：对我有影响的音乐家有很多位，但是最深的是我的导师 Gonzalo Rubalcaba，他是一位在爵士及拉丁爵士领域里极具天才的钢琴家、作曲家。屡获格莱美及拉丁格莱美奖殊荣。他的作品及舞台极具感染力的演奏深深地影响了我。

鲍　贝：2014 年刘老师在中国发行了第一张个人专辑 *That Time*，2018 年又于美国纽约录制发行了你的第二张专辑 *China Caribe*，其间相隔四年，两张专辑有什么不同，刘老师自己更喜欢哪张专辑，为什么？

刘东风：这两张专辑里都收录了我改编的一首中国古乐——《渔舟唱晚》，第一张 *That Time* 是爵士三重奏，强调以传统爵士乐配器表现中国古乐有如山水画般的意境。第二张 *China Caribe* 是五重奏，在爵士乐的基础上加入了中国民族乐器与拉丁音乐的融合，创作出了一种全新的风格。

鲍　贝：据说第二张专辑 *China Caribe*，于 2018 年 9 月在美国 Carnegie Hall（卡内基音乐厅）做了个首发式，票房售罄，获得了专业媒体与乐迷们的高度赞誉。在异国他乡获此殊荣，刘老师当时什么感想？

刘东风：观众对这场音乐会表现出极大的兴趣与热情。我突破创新尝试在复杂的拉丁节奏里融入琵琶和二胡及蒙古的呼麦与马头琴，再以传统的爵士乐表现手法表达，这在爵士乐中确实以前从没有人这样做过，所以，中美及各国媒体都相当感兴趣。在这里再一次由衷地感谢每一位朋友和合作的音乐家大师们。

鲍　贝：也感谢刘老师百忙中抽出时间做这场对话。

印象 • 南卡雍仲

此刻，我在书屋补写南卡雍仲的印象记，而他正在西藏高原的某个山洞里闭关修行。我们的对话就发生在他闭关前一晚。他说他要四个月后才出关。在这四个月里，他要与这个俗世完全隔绝。他住在他的山洞里，在我们不可抵达的另一个世界，做着我所不能理解的日常生活之外的事情。

南卡雍仲是转世活佛，生来即被赋予非凡使命。在与他对话的时候，明明是在跟一位年轻人对话，但从他转世的角度看，他的智慧已经是几代活佛的叠加，会让人滋生出一种隔世的恍惚感，感觉自己是在跟一位几百岁甚至上千岁的智者对话。

这是一种非常奇特的体验。

我是个无神论者。平时和南卡的沟通几乎都是通过微信。我们聊人生、聊旅行、聊写作、聊生活方式……隔着手机屏，如果我不去想他的活佛身份，他和我身边的朋友没有任何区别。当然，南卡首先是个人，然后才是佛。

感谢南卡，我也有了个藏族名字：雍仲措姆。"雍仲"在藏语本教里是万字符，"雍"是诸法皆空，"仲"是道生万物，即不生不灭之意，而"措姆"是指江河湖泊、吉祥女神。

修行者南卡

鲍　贝：今天是个很殊胜的日子，能够和南卡对话很荣幸。
　　　　首先非常感谢您允许我直呼其名，这是给我的一
　　　　份特权。我知道在藏地，在所有的佛教徒心中，
　　　　活佛是至高无上的，是生来即被赋予神性和非凡
　　　　使命的圣人。

南　卡：我也很开心，今天能够与你对话，我还很羡慕你
　　　　的生活呢。我是个崇尚"平凡修行"的人，所以，
　　　　一直都希望每个信众都对我不加敬称，直呼南卡。

鲍　贝：您是转世活佛，这个特殊的身份对我们来说非常
　　　　传奇，您能跟我们讲讲活佛转世的过程吗？

南　卡：我出生于"琼"氏家族中，前世是我的祖父，也

是此家族中的一位著名的掘藏大师。至于我所亲身经历的转世过程以及转世原因等，由于一些"密言"而不可言说，还望谅解。

鲍　　贝：好吧，一听到"密言"二字，就更让人感觉神秘，更想去一探究竟。您所说的"琼"，是否与传说中的象雄王国的"琼隆银城"有关？我到过那片遗址，据说是阿里地区的文明起源地，也是本教的发源地。

南　　卡：对，就在那儿。"琼"是指远古时期的象雄王国，"本"身普贤为教化众生，乐空"本"性界幻化的一个神鸟。有些学者将"琼"直译成大鹏鸟，虽有相似之处，但相异之处更多，所以本人觉得音译的比较稳妥。象雄（象雄语）和琼隆银城的琼隆（藏语）意思是"琼之栖息的地方"，我的祖先就是来自那里，"琼"最初与万物的灵性接触时，缘起形成的黑白黄绿四颗蛋之一，黑色蛋中孵化的一个普贤王子，名为木琼甲。

鲍　　贝：神鸟栖息的地方，听上去就是诞生传奇的地方，也诞生了南卡。我还是很好奇，您是怎么被认定为转世活佛的？

南　　卡：我的转世认定，主要是依照我前世圆寂前留下的《三部悬记》来寻访认定的，该文中预言了我将会出生的地点、时间、父母姓名等，然后通过十几位大活佛的净观认定。还有我的名字是自娘胎就起的，一位尊者当年夜宿我家时梦见吉兆，次日他在给我妈妈的一张纸上写道："你胎里的孩子是个灵性男童，七日之后便将降临，起名为南卡雍仲。"七天后的中午，我就出生了，据说"当时天空飘着五彩祥云，流水像乳汁一样洁白。"此外有一次，我在道孚地区，以我的"通慧"找出前世的遗物。以上那些事情，很多人都已经知道，所以，我现在再讲一遍也无妨。

鲍　贝：听起来还是很神奇。其实，我更想知道的是您不可言说的那部分"密法"。您又是怎么看待现世的您自己的？

南　卡：我从来都把自己看成比普通人还普通的一个人。我时常感受到，每一个众生都拥有灵性之光，内在的自然能量都非常强大。

鲍　贝：就如慧能开悟后所说,我们每一个生命都本自具足。

南　卡：没错。

鲍　贝：在修行当中，自我观察是一个灵修体系中必须要练习的一部分，借此来实现自我成长。我们被给予做人的机会，以实现灵魂层面的成长，并对造物主和其他创造物有所贡献，即把自己定位于特定的时间和空间，定位于这个身体里，但同时知道自己不等同于这个身体，然后去管控这个身体，并且记得自己。佛陀把这叫做"圆满之路"。除了习经悟道之外，在您的日常学习当中，是否也有观察自己和找到自己的这个练习？

南　卡：寻找自己，也是一种解脱自己的过程。不断的注视光明与虚空而入定，且次第而上，就可以不断地突破维度和时空界限，从而遇见真实的自己。也能悟出"原来接近自己，或者远离自己，都在一个原子级别的明点。"

鲍　贝：您在这条修行道路上，是否也会遇到什么困难和挣扎？您又是如何去渡过的？

南　卡：在修行中自然会遇到各种困难，而且修得越深入，困难也会随之增大，所以，我都会做足前期的功课：念诵本尊仪轨、会供、持咒等，以免增大。在我的修行路上，虽然会碰到一些方方面面的困难与障碍，但我都会去欣然接受。因为，烦恼障碍本与虚无无二，所以，我也会以虚无去面对和接受，才会自然度过。

鲍　贝：我们的一生都在寻找自我，并试图赋予自我以意义；而对您来说，意义与生俱来，一出生就被意义选中。

南　卡：可能每个人都由不同的业力牵引，而憧憬着不同的心灵净土。我虽有活佛之名，但我一直都在做一个平凡的修行人。

鲍　贝：修行人有一条必须做到，就是要"无情地、诚实地面对自己，"意思是说，无论您遇到什么情况，无论多丢人，无论多么不堪，您都要讲真话，不可以说谎。这种坦然面对自己的诚实，对于转世修行布道的活佛来说，是否更需要去做到？当您在练习"无情地、诚实地面对自己"的时候，是否也会体悟到自愿性受苦的这种痛苦？还是不去评判与干扰，只是全然地感受痛苦，并与之共存？

南　卡：一个在修行中的人，如果想要去达到某种境界是一种欲望；而去控制欲望，也是一种欲望。我很少强制性地去约束自己，但也不会放纵自己，我会融入自己的心境，以心印心，以空见空，一切自然而然。在修行的道路上，我认为最佳的状态是：时刻处于松懈和律己的平衡点。更敦群培也曾讲过：不通事物的本性，而一味地受苦修行，归根结底都属于邪派。无论遇到什么痛苦，我都会以平常心面对，或自愿性地去接受，并加上善于取舍分解的智慧来进行消化，因为，有些痛苦，是必须要去接受的。

对话　南卡雍仲

鲍　贝：刚您提到的更敦群培，是 20 世纪藏族史上的佛门奇僧，学术大师，哪怕在他最黑暗的时刻也没有停止过学习和证悟。他的某些思想在当时非常先进，您是否也受过他的启示？

南　卡：是的，他拥有常人无法体悟的很多体验，吃了不少苦。可能在很多人看来，更敦群培个性有点放荡不羁，思想有点离经叛道，但在我心里，他永远是一位睿智的高僧，也是我的偶像。

鲍　贝：对于我们大多数凡俗人来说，都知道要在这个世界中保持一份全然纯粹的诚实，是必然会付出惨痛代价的。如果您的信众为此而深陷痛苦，您又如何去帮助他们排解这份痛苦？

南　卡：先用心去把把脉，了解一下状况，并想出对症下药的方法，让他（她）静下心来。比如：引导对方观察痛苦的来龙去脉，而悟出痛苦的本质来源，很多时候它们并不值得痛苦，自然也就化为乌有；或者引导其尝试着不去理会，也不去逃避，自然而然，一切就会像天边的浮云一样，于无意间消散；或为其念诵本尊仪轨、占镜卦求释难法等。其实痛苦不会增长，只是自己的世界一时变小而已。总之我会尽一切办法，释放对方更广阔的心境，学会善待每一个逆流的情绪，学会在痛苦的心境

中，如何会当凌绝顶，一览众山小。

鲍　贝：是否也可以这么理解，心里暗示很重要，只要您活佛说没事，告诉他们痛苦会转化成另一种能量，估计信徒们就会真的放下了。因为他们对您拥有着绝对的相信。我相信，相信本身也是一种力量。

南　卡：是的，有时候相信是我们可以去选择的一种生活方式。我觉得你身上就有一种隐秘而自由的力量，你有一种常人看不见的能量。

鲍　贝：您看见了？

南　卡：哈哈，我看见了。

对话　南卡雍仲

鲍　贝：您好像说过很向往我自由自在的生活状态，想去哪儿就去哪儿，想做什么就可以自己决定去做什么，而您生来就肩负特殊使命，您是"不自由"的。您又是如何定义自由的意义？自由对您来说意味着什么？

南　卡：确实，对于你的生活方式，我一直都很向往，但也只是心向往之罢了，而我自己肯定做不到。因为，每个人的使命不同。对我来说算是功业多吧，就是没有多余的时间来照顾一些自己的爱好。例如：写作、摄影、吹奏乐器等，所以很是向往你那种自由自在的生活状态。而我所理解的自由的真正意义，在于内心，万事万物都生而有翼，只要心无芥蒂，智无蒙蔽，感受自己内在的飘逸和无量宫殿，就算被关在一个寸步难移、伸手不见五指的牢房里，也会感受到那种超然世间的自由。所以，内心本来的自由才是真正的自由，外在世俗的自由是虚无的、寻来的、善变的。就像迪伦所唱："没有人是完全自由，即使是鸟儿，也被天空囚禁。"

鲍　贝：哈，你也听鲍勃·迪伦的歌？您知道他在 2016 年获过诺贝尔文学奖？

南　卡：是的，其实我喜欢聆听各种音乐，也喜欢玩弄各种乐器。之前虽然听过他的专辑，但没去关注歌词，后来得知拿了诺奖后，网购了他的全集。也藏译过他的《暴雨将至》《答案在风中飘扬》等脍炙人口的作品，分享给同胞朋友们。

鲍　贝：我经常看到您在朋友圈发自己写的诗，虽然大部分用藏文写的诗我看不懂，但您用汉语写的几首我都认真读了，每一首诗里都饱含着淡淡的忧伤和清寂。最近您为母亲写下的几句：当我寂行／如一颗无光的星石／慢慢坠入深海／我寻不见光……读到这里，我心里一疼，我知道您一定又在深夜里想念您的母亲。虽然您被尊为活佛，但您毕竟还是您母亲的儿子。我感觉很多地方您和仓央嘉措很像。写诗有时候是一种发自内心的对抗，贵为六世达喇的仓央嘉措一直都在以诗歌对抗他所处的外部世界，他所写下的好多诗歌都在民间流传，并深得百姓喜爱。不知您如何评价仓央嘉措？您写诗，也是为了一种内心的对抗吗？

南　卡：我很敬仰仓央嘉措，尤其诗词造诣颇深，他能用最简单朴素的语言和诗歌形式写出及其深奥的内在世界。他的每首偈诗，都可以站在不同的角度去深入并且欣赏。如：站在佛法的角度，是蕴藏见修观念的道歌；站在世俗的角度，是散发凄美

缠绵的情诗。更是隐晦地表达了很多当时的秘史。至于我写的那些断句，目前还不能算是一种诗吧？可能，对于现在的我来说，偶尔写下一些断句，只是为了建造一座美丽的荒岛，让那些流浪在我心底的孤魂，流放进去，好让它们在那里圆满相聚。

鲍　贝：看，一谈论到诗，您的语言立即就充满了诗意：建造一座荒岛，让流浪的孤魂，在那里圆满相聚……

南　卡：哈哈，惭愧。

鲍　贝：如果说一位活佛需要承担的是"大我"的使命，那么，作为儿子的您，却要行使类似尽孝等"小我"的责任；在这两个"我"之间，您又如何获得平衡？

南　卡：我虽知道活佛的责任如泰山之重，但我不曾让自己要求达到这种平衡，也没去思量过。可能是因为我的修行原因，本来就没有区分"大我"和"小我"的区别，所以，自然就处在一种平衡中吧？或者，是我既没尽到活佛的责任，也没尽到儿子的孝心，悲哉！

鲍　贝：我很冒昧地问一句，在本教中，活佛是否可以结婚生子，当您遇上真正的爱情怎么办？

南　卡：如果是证得密乘果位，而且需要与空行母结缘，来完成某些密法功业的话自然可以。但如今这个末法时代，这种活佛可谓世所罕见，可是现在用活佛之名娶妻生子的却是司空见惯的事。我身在浮世，自然有一颗漂泊的心，但既然是漂泊，就不愿滞留。也许对我来讲，爱情可以是一个独自也能成双的东西。

鲍　贝：好吧，或许"独自成双"也是爱情的另一种境界。有一天，我们在微信上互动，我说好累，一天到晚都不知道在忙些什么，总有一种无助的感觉。

您说，当感觉到心累时，你要去帮助你的心，你自己与心互助才不会有无助感。您也经常会有这种无助感吗？

南　卡：有些俗事就算是护法也爱莫能助。虽说修行人坚强，但偶尔也会有无助的时候。那天我跟你讲的，就是以前当我感到无助的时候给自己秘密开的一个方子，哈哈，不知道对你有没有用？

鲍　贝：当然有用。

南　卡：那就好。

鲍　贝：您所在的丁青寺就坐落在昌都，昌都四面高山，是四川和云南入藏的门户。据说昌都的卡若遗址和小恩达遗址，都有五千多年的历史，经考古发现，早在五千年前的昌都，就已经有人类繁衍生息，并已形成初级的村落，应该说历史非常悠久。而雍仲本教应该是西藏所有教派中最为古老的教派，像丁青寺这样的本教寺庙在昌都有 10 座，数丁青寺历史最为悠久，现在的藏传佛教徒有很多的习俗以及各类庆祝活动都是从古老的本教中传承而来，能否请您谈谈本教和藏传佛教的区别和关联？

南　卡：你说的没错，还有密宗及无上乘大圆等高深修法典籍，都是从雍仲本教传译过去的，印度佛教和汉传佛教中基本看不到九乘次第、内外密宗、能在梦中修行的象雄梦瑜伽、无上乘大圆满虹化、气脉明点修法等。"佛本区别"这个话题涉及的内容和内涵很广很深，所以很难在这里很随意地、言简意赅地回答透彻，等下次有时间，我们再坐下来细谈。到时我会推荐几本书给你，相信你在读完后一定会有新的觉悟。

鲍　贝：好，等我获得新的觉悟之后，若是再与您对话，我们之间说不定还会碰撞出更多的话题来。

南　卡：这是肯定的，哪怕换个时间或换个场合对话，也会发生变化。

鲍　贝：想来也是奇妙，您和我之间有着完全不同的生活方式，思考问题的方式也很不同，但总有些东西是相通的。鲍贝书屋开张的时候，您还给我寄来经书，我一直供奉在书架最高处。虽然我不是佛教徒，但对佛教充满恭敬心。在此非常感谢您的支持。

南　卡：你也给我寄过书，是你的签名书，你不记得了吗？

鲍　贝：当然记得，我当时随手抽出一本签上名就寄您了，寄走后才想起来那是本《还俗》，送给您并不合适，但我真不是故意的，寄书那会儿并没多想，因为这本书刚出版不久，拿在手里也轻便，顺手就寄了。

南　卡：没什么哈，你写的故事很走心。其实，《还俗》
　　　　里讲得很实在，如果没有生出真正的出离心和洞
　　　　悉生命的僧人来讲，无论在家或出家都不能走出
　　　　内心深处的萧索与孤寂，注定要受出家和在家之
　　　　间的轮回之苦。另外，也拜读过您的《转山》，
　　　　很喜欢。感觉您与神山圣湖间有种心灵的衔接，
　　　　您的前世必定是一位内心净无纤翳、远离客尘的
　　　　朝圣者。

鲍　贝：您是转世过来的活佛，佛教探讨的是存在的连续
　　　　状态，换句话说，一切不只被一次生命所局限，
　　　　这辈子在出生之前，就曾经经历过其他状态的存
　　　　在，在死亡之后，同样也会经历其他的状态。这
　　　　就引向一个最基本的问题：身体之外是否有一个
　　　　非物质性的意识存在？在我们讨论轮回之前，我
　　　　们必须先检查身体和心之间的关系。到底是什么
　　　　东西让这些连续存在的状态连接在一起？有句话
　　　　说，"在轮回的项链之中，并没有穿过珠子的线。"
　　　　通过许多次转世所留下来的并不是一个"人"的
　　　　身份，而是，一种被培养出来的意识流。您对此
　　　　如何理解？

南　卡：无明若明，自见本心。其实身心本无内外之分，
　　　　只是不知身心的庐山真面目而已。也可以说身体

之外恒常存在的意识，就是体内恒常存在的意识，而此意识就是我们每个众生有情本来具有的明空了别意识，我们把它称之为"原始（本）智"，是无始无终，无取无舍，与空性同存。我们的身体就是空性，心就是"本"智，只因缘起性的如来悲心与众生业力等形成有情，又在中阴等阶段迷于本净之光、声、能量等，从而幻像和孽障越来越增长，让"本"智一直处在无明状态，而此无明就成了串起轮回珠子的线，直到觉悟自醒方可断。

鲍　贝：您又如何理解"空性"？

南　卡：我认为万事万物的形式为明，本质为空，真性为明空无二。所以，"空性"即是明空无二之唯一明点。换言之，万事万物的色与空是一体的，除去色之外便没有空；除去空之外便没有色，所以，性空而空性。而真正的空性，贵在悟，以上只是借名而示。

鲍　贝：受教了，谢谢南卡开示。都说，人人皆是未来佛，而成佛的意义是什么？

南　卡：简而言之，成佛的意义应该是成就真正的自己，也可以说，已经超越了我们所知的所有意义。

鲍　贝：按佛教的说法，痛苦是无知的结果，所以，必须

要去驱除的是无知，而最根本的无知就是相信自
身真正存在，相信现象界的实在性。减轻他人即
时的痛苦是一种义务。我们的快乐和痛苦的钥匙
是什么？痛苦来自哪里？什么是无知？什么又是
心灵上的认识？

南　卡：快乐和痛苦的存在，不过是缘起性的二元对立，
它们归根结底是一体的，消除痛苦就是在消除快
乐，所以一切情绪波动的钥匙为"平等住"。无
论是喜怒哀乐，都不去接受或者远离它，"置于
自然"才是最妙的钥匙。一切烦恼来源于自己的

执念和无明。无知就是：不觉自性，而用世俗的眼光，去认定或否定的一切。心灵上的认识即胜观，幻像和业障越少，体内被无明尘封的自然意识就随之醒来，所见的事物也就接近自性。

鲍　贝：“置于自然”，我一定要藏好这把美妙的钥匙。

南　卡：你要时刻拿出来用。

鲍　贝：我会的。好多人认为佛教是虚无主义，您对此怎么看？

南　卡：在各个大小乘中，确实有因自己的修行原因，导致走向虚无主义、厌世主义等，但不能以偏概全，因为真正的上乘佛法并非虚无主义。佛教虽然修虚无，但不会执于虚无。尤其本教最高深的佛法密宗与大圆满法，对一切存在并非是世俗幻像，而是本质的倒影、空性的化身。所以能保持一颗无执的平常心，能在生活中修行，修行中生活，达到虚无与存在无二之结晶，从而超越一切虚无虚有法。

鲍　贝：人的智慧有赖于心、脑与高等中心之间建立起通畅的管道，这样就可以接收到洞见。每个人都可以接收到洞见，但需要付出相应的代价。这个代价就是放弃一切自以为知道的事情，跳入深渊，跳入未知。逻辑引领每一个人，而我认为逻辑不是智慧。如果逻辑可以解决人类的问题，那么许多问题几千年前都可以得到解决了。当无法解决的问题摆在您面前的时候，您是去跟随您的情绪采取行动，还是通过冥想达到最为古老的方法，不带任何评判和介入，就如您所说的"置于自然"？另外，作为活佛的您，所拥有的智慧是否是几世活佛的叠加？您让我感觉到藏在您背后的还有无数智慧的化身，他们一直都伴随在您身边，不知您是否也有这种感觉？

南　卡：如你所说，逻辑并非智慧。逻辑只是打开一般智慧的钥匙。首先我会采取我所知道的古今任何一个可行的方法，如若行不通，就去求助我的"通慧"。

鲍　贝：何谓"通慧"？

南　卡："通慧"是我家族中转世活佛才有的一种自带的窍诀，也可以说是一种几世佛叠加的智慧。

鲍　贝：说实话，和您对话是一件很困难的事，因为您让我很有恍惚感，我时而觉得坐在我面前的您只是位年轻的修行人，时而又感觉我是在和一位几百岁的长者在对话，因为您拥有了好几世甚至更久远的智慧叠加。

南　卡：哈哈，和你对话很有意思。

鲍　贝：不知南卡是否去转过冈仁波齐神山？

南　卡：转过无数次，在我甜美的梦里，哈哈！冈仁波齐
　　　　是我们本教的神山始祖，所以一直向往，但未曾
　　　　前往。冈仁波齐也是古象雄文明·雍仲本教和本
　　　　教大圆满发源地，原名为"冈底斯"（象雄语：
　　　　雪山之意）。18000 年前，雍仲本教的祖师辛绕
　　　　米沃佛就在此诞生，宣说九乘次第、四门五库等
　　　　本法的圣地。也是本教的二十六位大圆满虹化成
　　　　就者、密宗八十持明等圣贤加持过的净土，更是
　　　　世界各地很多宗教所崇拜的神山。

鲍　贝：佛教徒认为绕神山转一圈，可消除一生的业障，
　　　　而马年是释迦牟尼佛的本命年，据说转一圈的功
　　　　德相当于平时转十三圈。2014 年正好是马年，我
　　　　去转山了，后来又去过几次，我想知道转山真的
　　　　能消除我一生的业障吗？

南　卡：据我所知，释迦牟尼佛的本命年并非是马年，而
　　　　是猴年。据本教《冈底斯目录》记载：马年是冈
　　　　仁波齐的神灵齐聚年，转一圈的功德是十万倍。
　　　　你有如此机缘，也是福泽深厚，一切功德心诚则
　　　　灵，当然能消除你所有的业障。本教大师"象雄
　　　　占巴南卡"曾言："若诚心忏悔转一圈，可瞬间
　　　　消除过往罪业。"

鲍　贝：太好了，如您所说，原来真能消除我所有的业障。

对话　南卡雍仲

我还要请教南卡，何谓业？

南　卡：所谓"业"，为使与自己相应之心发动、造作于境（身语意）的思心所，就是轮回中因无明而染上的孽障，以及自带的种子习气等。

鲍　贝：如果我也能够像您那样，拥有"通慧"的本领该有多好，我就可以知道我的前世和我的未来了。

南　卡：哈哈，等有空了我再把这个本领教给你。不过从明天开始，我就要上山去闭关修行了，四个月后出来。

鲍　贝：修什么呢？

南　卡：修气、脉、明点、瑜伽等。

鲍　贝：明点是什么？

南　卡：明点是体内的精髓和大乐的种子，主要分色身和永恒两种，色身明点以糟粕的形式存在于血脉当中；永恒明点以精华的形式存在于自性中脉当中。气脉明点法是成就气心合一、速觉佛性的一种法门。通过修炼气、脉、拙火、赤阁（瑜伽动作）等上乘法，打开智慧脉络，通达身体脉轮，融化本智明点，觉受无漏的内在大乐。

鲍　贝：愿您早日修成，圆满出山。

南　卡：只要潜心修炼，做足每一门的前行和正行的功课，就一定能修成。

鲍　贝：非常感谢南卡，通过与您的这次对话，又让我学到很多，仿佛又一次受到加持。下次如果再要与您对话，估计要等到大雪纷飞的冬天了。

南　卡：藏东现在已经在下雪了，而且下得很大。欢迎你过来看雪。

鲍　贝：人未动，心已远，想象中的高山、湖泊、喇嘛庙和一场飘扬在秋天的漫天大雪……那画面一定是极美的。

南　卡：是啊！我也很喜欢窗外雪花漫舞，屋内煮茶听琴的诗意场景，很吉祥！

鲍　贝：总有一天，我会带上好茶，踏雪而来。

吴雨初

印象 · 吴雨初

坐在灯下想了好久，很多形容词在我脑海里飘忽而过，我却任由它们飘过去，一个都抓不住。我的意思是说，很难找出一个恰当的、精准的形容词来表述雨初老师的这个人与他所做的事。

雨初老师最初是以援藏干部的身份走进西藏。后来是爱上西藏，再次主动回到西藏。他要为西藏建造一座牦牛博物馆。他认为只有牦牛才能代表西藏的文化和历史。也只有他的挺身而出和锲而不舍的精神，才能建成这座牦牛博物馆。

当时他已经在北京做到正厅级干部，但为了回到西藏去当他的牦牛博物馆馆长，他自愿降到科级干部。雨初老师的事迹，在西藏圣地留下了一段佳话，从而成为我们心中的传奇。

自古以来，这是极为罕见的事情。雨初老师做到了。说干就干，说放下就放下。这也是我所喜欢并敬佩的行事风格。

因此，便有了这场对话。

鲍贝
吴雨初

他为西藏建了一座牦牛博物馆

鲍　　贝：非常荣幸能和雨初老师对话。我喜欢叫您雨初老
　　　　　师，而不是吴老师，是因为喜欢雨初这两个字，
　　　　　它经常出现在唐诗宋词的句子里，清新脱俗又雅
　　　　　致，让人心生喜欢。记得那天雨初老师来我书屋，
　　　　　天空蓝得就跟西藏的天空一样，可就在您来之前
　　　　　连续一周都是阴雨绵绵。您说："因为我的名字
　　　　　叫雨初，我来了，天就变成雨后初晴了……"因
　　　　　为您的名字，一切都有了诗意。

吴雨初：我的名字是我爷爷取的，我爷爷是文盲，一个字
　　　　　都不识，却给我取了一个这么文气的名字，注定
　　　　　我既当不了官，也经不了商，只好做一个小小的

文人。虽然到了正厅级，但后来还是自降为科级。

鲍　贝：官场是一个很难让人变得清新脱俗的场所，而雨初老师似乎做到了，您最后的做法不得不令人钦佩，您为了重返西藏建一座牦牛博物馆，去当一个馆长，不惜辞去正厅级官位，自降到科级干部，您能否跟我们分享一下，是什么原因让您做出这个不同凡响的决定？当初的这个创意源于何处？

吴雨初：说起牦牛博物馆的创意，源于我在西藏牧区工作了十多年，跟牦牛有着很深的感情，但真正想起做牦牛博物馆，是缘于2010年冬天的一个梦。说起来令人难以置信，在那个梦中，我的脑海中浮现出一个笔记本电脑的蓝色屏幕，左边出现"牦牛"，右边出现"博物馆"，这两个词居然走到了一起。"牦牛博物馆"这五个字，就在我脑子里形成了。我有时候会对朋友们开玩笑说，我最大的贡献，就是史无前例地让这两个词拼在了一起。我真的觉得这是天意。梦醒的第二天，我就决定辞去当时所任的北京出版集团党委书记兼董事长职务，义无反顾，第二次进藏，一心想去创办牦牛博物馆。

鲍　贝：雨初老师是否有个做博物馆的情结？

吴雨初：当时我并不懂什么博物馆。无知者无畏。回到了西藏，从此便走上了一条不归路。

鲍　　贝：想必走上这条路，雨初老师一定遇到过很多很多
　　　　　困难吧？

吴雨初：可以说是困难重重。但好在经过努力，最后还是
　　　　　都如愿了。因此，当初遇到再多的困难，结局是
　　　　　好的，所有的付出便都值得。

鲍　　贝：现在的雨初老师被藏族人称为"亚格博"，是什
　　　　　么意思？

吴雨初："亚格博"就是汉语"老牦牛"的意思，憨厚、
　　　　　忠勇、悲悯、尽命，是我总结的牦牛的品性。其
　　　　　中最重要的是"尽命"，以生命尽使命。毫无疑问，
　　　　　牦牛是最能够代表西藏高原品性的物种。

鲍　　贝：在雨初老师看来，牦牛和宗教和西藏文化是否都
　　　　　有着密不可分的联系？

吴雨初：可以这么说，我走遍藏北高原，到处都可看到牦牛，
　　　　　也经常听到关于牦牛的故事，牦牛的形象一直都
　　　　　浮现在我的脑海里。在北京工作二十年，我还是
　　　　　经常会想到它们。后来，我发现一个问题，当人
　　　　　们说起西藏文化，总是认为西藏文化就是宗教文
　　　　　化。我认为，宗教文化只是西藏文化的重要组成
　　　　　部分，但它并不是甚至远不是西藏文化的全部。
　　　　　藏传佛教的历史只有一千三百多年，而早在三千

吴雨初在鲍贝书屋良渚店签名

　　　　多年前，高原人民就驯养了牦牛。牦牛文化早已
　　　　成为高原的生存文化、生产文化、生活文化的基础。
　　　　有关这一点，我与西藏宗教界一些高僧大德也探
　　　　讨过，他们也赞同我的观点。

鲍　贝：确实，没有比牦牛更能代表西藏文化的了。去年
　　　　春天，我和几个西藏的朋友一起去您老家看望您
　　　　病中的母亲，那次是我第一次走进您家里，万万
　　　　没想到您的家就在一个破旧的老小区里，爬到五
　　　　楼还是六楼我忘了，连个电梯都没有。真可谓家

对话　吴雨初

徒四壁。当时记得你家客厅只有一张三人沙发和一条旧椅子，我们一行几个人，站也不是坐也不是。这完全颠覆了我的想象，至少我从没见过一个正厅级干部的家里居然可以这么寒酸。您倾其所有，凭一己之力为西藏建起了一座如此壮观的牦牛博物馆，为西藏做出了巨大贡献，但却没有照顾好自己的家。尤其在当下这个时代，这让人完全不可思议。我们生而为人，关于一个人活着的意义和价值，您又是怎么认为的呢？

吴雨初：人各有志，人各有命。我并不认为当多大官、住多大房、挣多少钱，是判别人生价值的唯一标准。标准有很多，看你如何选择。人生如此短暂，如果一个人能认识到自己来到世间还有什么使命，并且能够努力去实现它，这样的人生就有价值了。起初，我一个人跑回西藏来做牦牛博物馆，很多人都以为，这个老头儿脑子一定出了问题，你一个人怎么去做博物馆？人的博物馆都做不过来，还做什么牦牛博物馆？我在最初时期确实很无助，身边没有一个人、没有一分钱、没有一辆车、没有一件藏品，也没有一寸建筑……在这种情形下，我还是开始了我自己选择的艰难的历程。光是田野调查我就跑了三万多公里。为此，我负过伤，流过血，但最后，还是得到了那么多人，特别是高原牧人的理解和支持，还是挺感恩的。

这一路过来的故事就太多了，一言难尽。所以我把建馆历程写了一本《最牦牛》的书记录了下来。我用三年时间作筹备，到2014年5月18日国际博物馆日那天，也就是我临近六十岁时，西藏牦牛博物馆正式开馆。那天晚上，我大哭了一场。我说过，朝开馆，夕死可矣。

鲍　贝：特别感动，完全能够体会您当时的心情，听您说这些过程的时候，突然也有一种热泪盈眶的感觉。

吴雨初：过了很久，我才知道有人说过一句话："梦想还是要有的，万一实现了呢？"我想我可能就是这个幸运的"万一"。

鲍　贝：雨初老师的事迹是一个非常励志的故事。牦牛博物馆开馆那天，可惜我不在场，当时我正在去往阿里的路上。要是早点知道，我会留在拉萨，推迟去阿里的日期。也很为雨初老师感到骄傲，您为西藏立了大功。听说牦牛还救过雨初老师的命？

吴雨初：的确，我在1977年藏北高原的雪灾中，经历了一次生死救援的故事。我们几十个人，困在雪地长达五天四夜走不出去，差点丧命，最后是牦牛救了我们，把我们带出一望无际的雪地。

鲍　贝：雨初老师在藏北十多年，一定经历了许许多多好玩的故事。听说您在嘉黎县被调配到麦地卡工作那次，县里给您派了一匹马，你不知道麦地卡怎么走，送马的牧民说："马知道路。"我想知道的是，那匹马真的把您安全送到麦地卡了吗？

吴雨初：是的，最后还是把我送到了。我一个人骑着马，路上又遇到暴风雪，一直到天黑，还没有到达目的地。后来，我把马骑到高处，向远处看，看到一点微弱的灯光，我想那儿应该就是麦地卡了，赶紧打马过去，终于到达目的地。那天很冷，我差点被冻死在路上。

鲍　贝：我去过麦地卡，海拔五千多米，根本不适合人类居住。雨初老师一个汉族干部，怎么会被分配到这么高的地方去工作？

吴雨初：海拔高倒不是问题，在西藏任何地方，都有我们汉族干部。说起我的那次调动，实在是一件从天而降的意外。

鲍　贝：什么意外？

吴雨初：我最初并不是分配在麦地卡，是分配在嘉黎县委办公室工作的。有一天，自治区革命委员会副主任热地（后任全国人大常委会副委员长）到我们县视察。那时，县里连一个招待所都没有。县委领导就把热地安排在我的房子里住。让我到别人家去借宿。因为我的房子是新的，比较干净。热地同志走进我的房间，一看又新又干净，就问："这是谁的房子？"县委领导回答说："是一个新分配来的大学生住的房子。"热地同志说："新来的大学生应当到基层去锻炼啊。"于是，县委第二天就开会决定，把我从县委办公室调到了麦地卡。而我连热地长什么模样都没见过。就为他随口一说的一句话，就把我的工作环境改变了。

鲍　贝：所以，雨初老师后来住的房子，都不要打扫得太干净了，不然会出事。

吴雨初：不是开玩笑，我后来住的房子都是一半用来住人，一半用来堆放干牛粪的，就和那些牧民的家里一模一样。很多汉族朋友来我家，都会皱着眉问我："你屋里怎么会堆放那么多牛屎啊？"我会很生气，跟他们据理力争："那不是牛屎，那是干牛粪。"他们不会知道，那些干牛粪可以用来取暖、烧水、煮饭，用处多着呢，散发出来的味道也是带着高原青草的香气，绝对不会有一丁点的屎臭味。

鲍　贝：雨初老师今年六十多了，在西藏工作那么多年，尤其在那曲海拔将近五千米高的地方，而您的身体却仍然如此硬朗，都知道那曲的特产是虫草，营养价值非常高，您的身体是否跟您在那曲吃的虫草也有一些关系？

吴雨初：虫草本是稀罕之物，哪会天天吃到？现在的虫草太贵了，每斤要十几万，更加吃不到。不过，回想起我在那曲嘉黎县工作的时候，虫草每斤只要九块钱。我还跟牧民一起挖过虫草。挖虫草是件很辛苦的事情。说起虫草，我想起来有一次，我们工作组到牧区去，投宿在一位牧民家里。这位牧民非常好客，而且特别关照我这位汉族干部。他给我煮米饭，但是没有高压锅，就用酥油茶壶，在壶盖上压一块石头，但还是煮不熟。他想炒个菜给我吃，但牧区实在没有什么蔬菜，他翻箱倒柜想找点好吃的，后来，直接就给我炒了一盘虫草。那盘虫草，按现在的价格至少得好几千。

鲍　贝：让您在无意中奢侈了一把。这么多年的藏地生活，雨初老师已经完完全全地融入牧民生活当中去了，不知道您对发生在藏地的一些神秘事件如何理解，比如，格萨尔说唱艺人到底是怎么回事？

吴雨初：很多事情确实无法解释。我在那曲当文化局局长时，很重视民间文化保护，特别是《格萨尔》史诗的抢救。那曲地区是《格萨尔》史诗比较盛行的地区。那时，我们那曲著名的说唱者有阿达、玉梅

等。玉梅的家乡是索县。她没有上过学，是个文盲。据说是因为有一次她在外放牧，感染了风寒，大病一场。病好之后就突然会说唱《格萨尔》史诗了。后来，我们把玉梅请到了地区，让她专门对着录音机讲述《格萨尔》史诗，她果然脱口就能讲。再后来，自治区就把她请到了拉萨，成为一名专职的《格萨尔》说唱艺术家。

鲍　　贝：我在玉树也见过一位《格萨尔》说唱艺术家，看上去憨憨的，不怎么爱说话。听说他从没上过学，大字不识一个，但就是会把格萨尔王的故事全部

对话　吴雨初

背诵出来，简直太神了。

吴雨初：我认识的那个阿达更神，他除了会说唱《格萨尔》之外，还是个巫医，会巫术。他能从病人的皮肤里吸出虫子来，用这样的方法给人治病。在藏北，还有不少人相信这种巫术。听说有一次，一个青年公安干部就是不信，要去试试。阿达指着他的脑袋说："你的病就在这里。"意思是，你不相信我。说着，阿达伸手就从那个公安干部的脑袋上抓了一个虫子出来。人们很是惊讶，也很怀疑，不知道阿达搞的是巫术还是魔术。

鲍　贝：说到巫术，我那次去嘉黎县，走到依嘎冰川，住在依嘎冰川下的当地人跟我说起一件事，至今想来都极为恐怖。他说千万不要翻过依嘎冰川这座山，在山那边不远处有一座村落，那里的人每家每户都很穷，会对游客下蛊，他们会假装请你去喝茶，只要你喝了茶回去后就会慢慢死去，短则几天、几个月，长的可达几年后才死掉，真正的死因很难被查到。那里的人相信，你只要喝了他的茶中了蛊致死的，死去的那个人积攒的所有福气，就会被他家所拥有，也就是说，所有的福气都会转移到他身上去……雨初老师是否也曾听说过有这种事？

吴雨初：听说过。你说的那个地方，已经不属于那曲，它属于林芝地区，也不是什么巫术和下蛊，是投毒。但是现在已经没有了，那都是过去时代的事。

鲍　贝：雨初老师在藏地那么多年，是否也和藏族人一样相信有来世？你对活佛转世这件事怎么看？

吴雨初：我是个汉族人，从小受汉族文化的教育，又是一名共产党员，我还是相信科学的。在藏传佛教里，"来世"是一个极为重要的思想。这是与"前世""现世"并列的重要概念。在藏北草原，经常会听到某个乡村的某某小孩，能说起他前世的事情，能辨认前世的物品，故事真实得让人无可置疑。我所工作过的嘉黎县更是盛产活佛之地。第十一世班禅活佛的家乡就是嘉黎县的。那会儿我在嘉黎县任职，他父母还是我学生呢。

鲍　贝：您所认识的转世灵童和普通人有什么区别呢？

吴雨初：那些能够讲起前世的孩童，后来长大了也跟凡人没有多少区别。在藏地，这种故事听多了，确实能够摧毁一个人的科学知识结构。

鲍　贝：援藏干部有很多，但为西藏建一座牦牛博物馆的干部只有您一个，您必将会名垂史册，成为里程碑式的伟大的人物，您自己是否也很有成就感？

吴雨初：伟大谈不上，成就感肯定是有的。在有生之年，

吴雨初在鲍贝书屋西溪店

也算为西藏做了件有意义、有价值的事情，同时
也为自己圆了一个梦。

鲍　贝：听说在牦牛博物馆建成之后，有一位藏族老人专
　　　　程去找您，并给您下跪致谢，可有此事？

吴雨初：确有此事，有一位藏族老人特地来到拉萨，看了
　　　　好几次牦牛博物馆。他说，他一定要见到"发明"
　　　　这个博物馆的人。因为他不会说"创意"这个词。
　　　　后来有一次，当他终于见到我，确认我就是那位"发明"这座博物馆的人的时候，突然就跪下来给我磕头，他边磕头边说："我给你磕头不会错，活佛不一定就是坐在寺庙宝座上的那个人，你一定就是活佛的变身……"弄得我也泪流满面。后来，我们成为好朋友。我还写了一篇他的纪实文章，收录在我的《形色藏人》一书中。

鲍　贝：《形色藏人》这本签名书，就在鲍贝书屋的书架上，经常被读者翻阅到，很多人对西藏充满向往，对书中写到的形形色色的藏人感到好奇。当我向他们说起写书的作者和牦牛博物馆的故事的时候，他们把您当成了英雄一样来崇拜。当然，对您来说，更在乎的可能是藏族人对您的认可。

吴雨初：的确，一个博物馆的建成，最重要的就是得到当地人民的认可。牦牛博物馆建成后，我最为满意的是，来自各地各界的观众、特别是基层牧区的干部群众的认可。来到牦牛博物馆，他们说："到寺庙可以拿到甘露丸，到这里却能够看到我们的历史和文化，就像到了家一样。"每每听到这类话，是我最高兴的事。

鲍　贝：雨初老师在西藏生活了二十多年，您应该会说藏语吧？

吴雨初：很惭愧，我虽然是个老西藏，但我的藏语一直没有学好。相比之下，那么多藏族同胞的汉语都学得那么好。在我六十岁那年，我想再次学习藏语。我想了一个学习的方法，就是把我 20 世纪 70 年代至 80 年代在藏北的真实经历，写成小故事，请我的女儿央嘎玛翻译成藏文，我再以此为学习藏语的教材，用这样的办法来增强记忆。没想到，这些小故事得到很多友人的欣赏，并希望能够结集成书。英方先生也给了我极大鼓励，并欣然答应为这些小故事配图。他是一位业余美术爱好者，同时也是一位喜爱汉藏文化的教授，他还请他女儿瑞秋次仁措将此翻译成英文。于是，刚出版的这本《藏北十二年》，成为我们两个家庭、两个民族、两代人的共同创作。

鲍　　贝：我刚读完这本《藏北十二年》，内容很有意思，分别用了汉语、藏语、英语不同的语系，插图也很棒，读来毫无违和感，一切水到渠成，自然而然。我也是读了这本书后才知道，雨初老师还有一位藏族女儿。

吴雨初：是有一个养女。她是我在藏北工作时的一个好朋友的女儿，这个朋友从小生活就特别艰难，曾经靠乞讨、靠给人放马、卖牛粪去求学，但他特别聪明，后来靠自己的努力改变了命运。但不幸得了不治之症。他临终前，我在北京，接到他一个电话，我就飞到拉萨来看他，他在弥留之际托孤于我。我当时满口答应。他的那个女儿和他一样，也特别聪明，学习非常好，汉语能力可能比很多汉族人还要强。我的《形色藏人》一书的每一篇都有她的读后感。她现在已经成家，并有一个可爱的儿子。我已经当姥爷了。

鲍　　贝：雨初老师不仅热爱西藏这片土地，还和西藏人民结下亲属之缘，也难怪您那么坚持要把自己的后半生也交给西藏，您为西藏的文化事业做出了巨大贡献。您不仅是个受人敬重的官员，还是个著名作家，写过好几本书，其中《形色藏人》还获得过第15届十月文学奖非虚构作品奖。请问您当初写这本书的初衷是什么？

吴雨初：我算是一个末流作家，建成牦牛博物馆后，我写了三本纪实作品，分别是《藏北十二年》《最牦牛》《形色藏人》。其中《形色藏人》比较有意思，有的读者把它当作文学作品读，有的读者把它当作人类学作品读。我的本意是，西藏的神山圣湖是亿万年形成的，西藏的宫殿寺庙是千百年形成的，要了解当今的西藏，最好的途径可能就是看看当代人的命运和故事。这本书里有各行各业的人，从要饭的游僧到自治区主席，从专家学者到草根小民。

鲍　贝：《形色藏人》一书中的很多人我都认识，或者有过耳闻，每个人的故事都挺有意思。我曾经想过，以那些人物为原形，展开来写成虚构的小说，或者，哪天把他们的故事一个个拍成微电影，都是非常棒的。

吴雨初：完全没问题。

鲍　贝：去年您又带着八百余件藏品来到杭州，我有幸参加了这次牦牛展，才知道这是您一手策划的牦牛文化全国性巡展。从整理、研究牦牛文化，再到牦牛博物馆的建立，最后到全国巡展，为弘扬藏民族的牦牛文化，可谓呕心沥血、功德无量。

吴雨初：从2016年开始，我带着牦牛博物馆的藏品走出西藏巡展，牦牛走进北京、牦牛走进羊城、牦牛走进南京、牦牛走进浙江，如果不是疫情影响，还会到更多的地方，甚至国外。西藏文化作为我们中华民族文化宝库的重要组成部分，还不太为人所了解和认识，牦牛文化走向内地，就是中华各民族文化的交往交流交融，增进了相互了解相互赏赏的机会。

鲍　贝：按理说，牦牛博物馆是雨初老师付出巨大的心血

一手建成的，您自然离不开牦牛博物馆，牦牛博物馆更加不能没有您。您牦牛博物馆的馆长当得好好的，为什么突然就辞掉不干了，把自己退居到一个志愿者的身份，其中有着什么特殊的原因吗？

吴雨初：也没什么特殊原因，我年龄大了，我还有一位九十多岁的老母亲需要照料。尽忠之余还要尽孝。就在去年，我辞去了西藏牦牛博物馆馆长职务，我相信年轻的同志会比我做得更好。我还会继续关心牦牛博物馆，我本人给牦牛博物馆捐赠了一

个图书阅览室，我在西藏期间是志愿的图书管理员，不拿任何报酬。能够天天看着牦牛博物馆，在馆里当义工，心里就很舒服，还有好多熟悉的或者陌生的朋友来到博物馆，我也是其中一位志愿的解说员。

鲍　贝：真心佩服雨初老师说干就干，说放下就放下的做事姿态，但对你忽然辞去牦牛博物馆馆长的职位，总让人觉得有点突然。仿佛正在听人讲述一个特别精彩的故事，突然间就戛然而止，有一种意犹未尽的感觉。

吴雨初：身为一个男人，去做认为有价值的事，就应当拼尽全力，而到了该放下的时候，就该放下。

鲍　　贝：接下来您还有什么新的计划吗？

吴雨初：没有什么新计划，用现在时髦的话说就是"躺平"了。

鲍　　贝：雨初老师又谦虚了，感谢您接受这次访谈，扎西德勒！

对话　吴雨初

鲍贝

70后小说家，鲍贝书屋创始人。

国家一级作家，中国作协会员，鲁迅文学院第十一届学员、鲁迅文学院第二十八届青年作家深造班学员。

作品多在《十月》《人民文学》《钟山》《作家》《小说选刊》《中篇小说选刊》等发表、转载，且入选多种年度选本。

著有《去奈斯那》《观我生》《出西藏记》《还俗》《逃往经幡》等二十余部作品。